Cama de gato

Cama de gato

Carmen Villas Bôas

1ª edição
Rio de Janeiro
2024

Cama de gato é uma brincadeira lúdica e tradicional de trançar um cordão entre os dedos das duas mãos, formando um desenho que é passado de uma pessoa para outra, sem deixar que desmonte.

Dados Internacionais de Catalogação na Publicação (CIP)
(Câmara Brasileira do Livro, SP, Brasil)

Bôas, Carmen Villas
    Cama de gato / Carmen Villas Bôas. --
1. ed. -- Rio de Janeiro : Ed. da Autora,
2024.

    ISBN 978-65-00-94132-6

    1. Ficção brasileira I. Título.

24-193466   CDD-B869.3

Índices para catálogo sistemático:

1. Ficção : Literatura brasileira   B869.3

Aline Graziele Benitez - Bibliotecária - CRB-1/3129

1

Era isso mesmo?

Eu não conseguia desviar meus olhos daquela boca linda se movendo, sem entender uma palavra. Então, como se tirassem tampões dos meus ouvidos, eu escutei.

— Eu entendi direito, Eric? Você está me dispensando? — retruquei, atônita, depois que ele terminou.

— Lamento muito, Sabrina. Realmente, sou um crápula, me envolvendo com você mesmo sendo casado. Mas eu e a minha esposa estávamos passando por uma fase difícil no nosso relacionamento quando eu a conheci; contudo nós nos acertamos e queremos dar uma nova chance ao nosso casamento.

Não acreditava como ele podia ser tão cretino assim. Na verdade, não sabia muito sobre ele. Eu deveria desconfiar de um homem que não estava em nenhuma rede social. Além de ser improvável alguém assim, tão bonito e sexy, estar sozinho. O pouco que descobri a seu respeito encontrei em sites de negócios. No entanto, não havia absolutamente nada sobre sua vida privada, por isso, eu deveria desconfiar que era bom demais para ser verdade, desde que nós nos conhecemos em um evento de moda há alguns meses. Enfim, não devia ter me envolvido tão rápido, porque aqui estávamos, eu com essa cara de boba, ouvindo ele confessar a sua traição, com ar de arrependimento.

— Não tenho mais nada para fazer aqui, Eric — disse, tentando manter o rosto impassível, engolindo o choro. Só queria jogar minha bebida na sua cara. Então, eu me levantei.

— Eu a levo em casa — ele ofereceu, com gentileza.

Ergui a mão para que parasse de falar, com maior dignidade.

— Não precisa. Eu pego um táxi — respondi, com a voz mais firme que consegui, porém, a minha vontade era de dar um tapa daqueles bem estalados naquele rosto lindo. No entanto, me segurei, banquei a fina, levantei a cabeça, estiquei a coluna e saí com passos firmes, sem olhar para trás. Nunca mais eu queria vê-lo de novo, em toda a minha vida.

Quando deixei o bar, não poderia estar pior, pois chovia forte e não passava nenhum táxi desocupado. Comecei a chorar, as lágrimas se misturavam com as gotas de chuva, molhando meu rosto. Andei depressa para me afastar dali; não queria encontrá-lo, em uma situação tão degradante. Seria muita humilhação para uma única noite.

Andei um bom pedaço, com as roupas e os sapatos ensopados, quando, finalmente, um táxi vazio passou por mim e eu quase me joguei na frente dele para que parasse.

Por fim, estava na proteção do meu lar. Pretendia apenas tomar um banho morno, cair na cama e chorar, mas quando abri a porta, senti aquele cheiro horrível impregnando o meu apartamento.

— Merda! Esqueci do lixo!

Eu havia esquecido de jogar o lixo na lixeira; o resto da comida chinesa da noite anterior havia azedado e um cheiro horrível se espalhava por todo o meu apartamento. Só tinha uma coisa a fazer: peguei o saco de lixo, amarrei bem e fui para a lixeira do andar, sem sequer fechar a porta, pois seria bem rapidinho. Ao voltar, abri a varanda e as janelas para renovar o ar. Fui para o banheiro, tomei um bom banho, mergulhei na minha cama e me lamentei de como fui tão idiota até adormecer.

No meio da noite, despertei com algo espetando o meu dedão, balancei o pé, sem vontade de abrir os olhos; a sensação parou. Devia estar sonhando. Tentei dormir novamente, então, senti algo peludo se esfregando na minha perna. Nesse instante, tive certeza de que não estava sonhando; havia algo estranho na minha cama. Dei um berro e um pulo. Corri para o corredor, em pânico. Fiquei alguns minutos parada, ofegante, porém, precisava agir. Não podia continuar ali para sempre, queria chamar o porteiro, no entanto, tinha de saber se estava certa ou se foi apenas um sonho maluco, devido ao estresse do dia. Criei coragem, voltei para o meu quarto com muita cautela e acendi a luz. Olhei para a minha cama e não havia coisa nenhuma. Aproximei pé ante pé, levantei as cobertas, procurei em volta e nada. Respirei aliviada. Foi apenas um sonho. Apaguei a luz e deitei-me outra vez; no entanto, custei a pegar no sono.

Cama de gato

Acordei com um barulho estranho, que não reconheci de imediato. Outro sonho? De repente, o barulho veio do meu lado.

Espera aí, isso é um miado? Ah, é só um miado!

Mas, eu não tenho gato! Abri os olhos e me deparei com aqueles olhos verdes me encarando, dei um grito e me sentei em um pulo. O gato se assustou, deu um salto e saiu correndo.

Estou ficando maluca ou tem mesmo um gato aqui em casa? Precisava encontrar o invasor. Fui à cozinha e da geladeira, peguei a caixa de leite e verifiquei se não estava estragado. Tudo bem. Coloquei o leite em um prato fundo no chão, fiquei em silêncio, esperando, até que um gato preto surgiu, andando calmamente, como se estivesse na sua casa. Ele foi até o prato e tomou o leite com vontade. O coitado devia estar com fome, mas não parecia ser um gato de rua; era bem cuidado, tinha os pelos brilhantes. Imaginei que pertencesse a algum vizinho. Interfonei para o porteiro, tentando descobrir a quem pertencia o invasor, mas ele não sabia, pois era novo no prédio, mesmo assim prometeu que iria me ajudar.

O gato acabou com o leite e, sem a menor cerimônia, deitou-se no sofá da sala para cochilar, e eu não sabia o que fazer. Precisava me arrumar para ir ao trabalho, mas não poderia deixá-lo ali, nem tão pouco colocá-lo porta a fora. Imaginei se eu teria alguma lata de atum no armário para deixar para ele enquanto não estivesse em casa. No entanto, a campainha tocou, olhei pelo visor e, do lado de fora, estava um homem.

— Deseja alguma coisa? – perguntei, por trás da porta.

— O porteiro avisou que você está com o meu gato.

Respirei aliviada e abri a porta.

— Ainda bem. Não sabia o que fazer — disse. Ele me olhou um tanto constrangido, então, eu me dei conta que ainda estava de camisola.

— Ah! Desculpa! Um instantinho só! — Fechei a porta na cara dele e corri para o meu quarto, peguei no armário o roupão, que nunca uso, vesti, voltei e abri a porta de novo, com um sorriso sem graça.

— Foi mal!

— Eu que lhe devo desculpas pelo incômodo, logo de manhã cedo.

— O gato está bem ali, no sofá. — Saí da frente para ele entrar.

Ele olhou em volta, como se procurasse por algo; em seguida, foi até o gato e o segurou com cuidado, aconchegando-o junto ao seu peito.

— Sabbath, seu fujão! — falou, de forma carinhosa, acariciando os pelos do felino.

— O nome dele é Sabbath? — perguntei, franzindo a testa.

— Sim, Black Sabbath, por causa de uma banda de *heavy metal* inglesa, mas não fui eu que lhe dei esse nome — justificou-se. Eu acreditei, pois ele não tinha cara de quem gostava desse tipo de música. — Obrigado e, mais uma vez, desculpe pelo incômodo. Se precisar de algo, o meu nome é George e moro no andar de cima, apartamento 603. — Ele caminhou até a porta.

— Sem problemas. Eu me chamo Sabrina. E você é o primeiro vizinho que eu conheço, me mudei há apenas poucas semanas.

— Eu sei. Até a próxima, Sabrina.

— Até a próxima, George — falei, fechando a porta atrás dele.

2

Pelo menos, a história do gato me fez esquecer o quão eu estava triste e desiludida por ser dispensada de uma maneira tão sórdida por um homem. Não que eu estivesse apaixonada ou algo assim, apenas com uma pontinha de esperança que poderia dar certo.

Como não percebi que ele era casado?

Na verdade, não estava pensando em nada, no momento, quando aquele homem lindo se aproximou de mim, em um evento de moda. Primeiro, porque é raro encontrar um homem daqueles: lindo, hétero e disponível. Eu não conseguia acreditar na minha sorte. Ele era gentil, *sexy* e envolvente. Eu me atirei nessa relação sem titubear, e posso dizer que, por um tempo, não me decepcionei. Achei que tudo estava indo bem entre nós, até que as coisas começaram a ficar estranhas. Mal percebi que Eric estava se afastando bem devagar, culminando naquela fatídica noite, com a terrível revelação de que era casado.

Mas não queria mais pensar no assunto; só desejava esquecer, ou melhor, aprender a evitar complicações semelhantes. Contudo, naquele momento, precisava me arrumar para o trabalho e já estava atrasada.

— Sabrina, você está atrasada! — Ícaro gritou assim que cruzei a porta do estúdio.

— Desculpa! Foi o trânsito — Inventei uma resposta menos complexa do que a história do gato. Ele não questionou, pois sabia que nunca me atrasava à toa e nós nos dávamos muito bem.

— Então, vá até a sala da produção; estão faltando algumas peças. — Voltei nos meus próprios passos.

Trabalhava como produtora de moda com Ícaro, um *stylist* bem famoso, porque era muito bom no que fazia. Na sala abarrotada, sabia exatamente o que estava procurando, já que havia deixado tudo separado e organizado na tarde anterior, antes do meu dramático encontro.

Não, não quero mais pensar nisso!

Assim, concentrei-me nas minhas muitas atividades, já que estávamos com o prazo apertado para concluir a produção de um editorial de moda para uma grande rede de lojas de roupas.

Regressei para casa tarde da noite, exausta, sequer tive tempo de comer direito, devido ao trabalho intenso; sendo assim, só queria me deitar e apagar até o dia seguinte. Por isso, fui direto para o banheiro, tomei um longo relaxante banho, deixando a água morna cair sobre os meus músculos doloridos. Pelo menos, não havia pensado mais em Eric e na sua revelação bombástica, durante o dia inteiro, até nesse momento.

Saí embrulhada na toalha, entrei no meu quarto, acendi a luz e parei chocada com o que vi. Sobre a minha cama, o gato estava dormindo serenamente, enroscado nas minhas cobertas.

— Sabbath, o que você está fazendo aqui? — perguntei, sem esperar por uma resposta. O gato acordou, olhou para mim com indiferença e voltou a dormir. Tive vontade de fazer o mesmo, me deitar do lado dele e cair no sono, mas não podia fazer isso, pois George ficaria preocupado. Mesmo sem nenhuma vontade, vesti uma roupa qualquer e peguei o gato no colo.

Qual era mesmo o apartamento dele? Lembrei, 603!

Subi pela escada. Parei no corredor, diante da porta do apartamento dele, apertei a campainha e nada. Repeti a operação, sem sucesso. Já ia desistindo quando ouvi sons vindo atrás da porta, que abriu de repente. George apareceu usando short e camiseta, os cabelos despenteados caíam displicentes sobre a testa. Não havia reparado, na primeira vez que nós nos vimos, como ele era alto e bonito.

Nem pense nisso, Sabrina! Não depois do que aconteceu!

— Oi, Sabrina — Ele me encarou assustado, sem entender o que eu estava fazendo ali, àquela hora da noite. Então, notou o gato no meu colo.

— Desculpe-me se o acordei, mas achei melhor devolvê-lo, antes que ficasse preocupado.

— Não, você fez bem — ele disse, com sinceridade. — Não quer entrar?

— Não quero incomodar — Olhei para dentro à espera da aparição de uma esposa ou namorada, mas nada.

— Não será incomodo nenhum.

Assim, dei um passo à frente e entreguei o gato a ele.

Cama de gato

— Ei! Seu fujão! O que pensa que está fazendo incomodando Sabrina a essa hora da noite? — George falou, acariciando a cabeça do gato, que o ignorou. E ele o colocou no chão.

Livre, Sabbath caminhou calmamente e, com um leve pulo, alcançou o sofá e se enroscou para mais uma soneca, enquanto nós o observávamos.

— Quer um café ou água? — George voltou a sua atenção para mim.

— Não, obrigada.

— Só não entendo como esse gato consegue chegar até o seu apartamento

— Nem imagino — Meu vizinho estava parado diante de mim, com os braços cruzados. Eu coloquei as mãos nos bolsos do meu short, ficamos ali, olhando um para outro, sem saber o que dizer, por um breve instante. — Acho que já é hora de ir, preciso trabalhar amanhã bem cedo.

— Sim, claro. E mais uma vez, obrigado, Sabrina.

— Não foi nada.

Ele abriu a porta para eu sair.

— Até a próxima, George.

— Até a próxima, Sabrina.

Finalmente, depois de muito trabalho, a tal produção terminou, entretanto, para mim, começava a pior parte, pois teria que verificar se as peças emprestadas estavam em bom estado, para entregá-las nas lojas. Mas isso ficaria para o dia seguinte; só queria ir para casa e descansar. Porém, antes, faria uma comemoração particular. Passei no restaurante japonês e pedi o meu combinado favorito, porque eu merecia por um trabalho bem-feito.

Já em casa, mal podia esperar para comer, estava faminta. Por isso, arrumei tudo em cima da mesa de centro e me sentei no chão, pronta para devorar os meus *sushis* e *sashimis*. Quando ia começar, a campainha tocou. Relutei por um breve momento, mas fui atender. Pelo visor, vi George e abri a porta. Ele parecia sem jeito de me incomodar; devia ter chegado do trabalho, pois usava camisa e calças sociais, que lhe caíam muito bem.

— Oi, George!

— Desculpe incomodá-la mais uma vez, Sabrina, mas eu cheguei do trabalho e não encontrei Sabbath em lugar nenhum, por acaso, ele está aqui?

— Não, eu não o vi hoje, mas... — Ouvi um barulho e me voltei em direção à mesa; lá estava Sabbath, comendo todo o meu jantar. — Oh, não! O meu jantar! — choramínguei, porém o gato não se importou com a minha reclamação, continuou devorando meus *sushis* e *sashimis*, com voracidade.

— Ah! Desculpe, Sabrina. — Ele ameaçou pegar o gato, eu o impedi.

— Agora, não importa mais — disse, dando de ombros, desanimada.

— Sabe, eu ainda não jantei. Que tal pedirmos algo, pode ser comida japonesa e jantaremos juntos, por minha conta? É o mínimo que posso fazer para remediar essa situação.

Eu olhei para ele, para o gato e para o que sobrou do meu jantar e assenti, resignada.

— Entre! Vou fazer o pedido — convidei, fechando a porta atrás dele. Enquanto isso, o gato acabou sua farta refeição e se deitou, sem cerimônia, na poltrona, se enroscou e fechou os olhos.

Pedido feito, só nos restava esperar, assim nós nos acomodamos no sofá.

— Ainda não sei como ele escapa do meu apartamento — George comentou, olhando para o gato adormecido.

— Ele sempre fez isso? – quis saber.

— Não sei, acho que não, só estou com ele há algumas semanas. Ele pertence a uma amiga; estou tomando conta até ela voltar de viagem.

— Bem que eu achei estranho, você com um gato chamado Black Sabbath.

— Pois é, foi um antigo namorado que deu o gato para a minha amiga, com esse nome.

— Ele gostava de heavy metal?

— Suponho que sim. Letícia namorou uns caras bem estranhos.

Pressenti um certo ressentimento na sua voz, uma pontinha de amargura. Devia haver algo a mais nessa história, mas não era da minha conta.

— Vocês devem ser muito amigos para ela lhe confiar o gato.

— Sim, somos. Para falar a verdade, chegamos a namorar por algum tempo antes de ela viajar.

Perigo! Alerta vermelho! Homem comprometido!

— Ela vai demorar muito?

— Alguns meses, está fazendo um curso no exterior.

— Puxa! Que chato! Mas, vai passar bem rapidinho.

— Espero.

3

Enfim, a comida chegou e eu arrumei a mesa para nós dois, o que era muito estranho para meus hábitos. Pois, estava acostumada a comer sentada no sofá ou na frente do meu computador, ou os dois juntos. Contudo, era bom ter uma companhia. Andava meio cansada de ficar sozinha em casa.

— Você mora aqui há muito tempo? — perguntei, enquanto pescava um *sushi* de salmão rosado com o meu *hashi*, e coloquei direto na boca.

— Há uns três anos. Foi quando conheci Letícia. Ela já morava aqui — revelou, escolhendo um *sashimi* de atum e mergulhando no molho *shoyo*.

— Ela morava aqui, nesse prédio?

— Sim, nesse apartamento.

— Será por isso que Sabbath está sempre aqui, achando que essa ainda é a sua casa? — Olhei para o gato dormindo, tranquilo, na minha poltrona.

— Pode ser — George deu de ombros. Assim, mudamos de assunto. Descobri que ele trabalhava em uma empresa de tecnologia avançada, seja lá o que isso significava. Contamos histórias engraçadas e rimos juntos. Considerei que seria bom ter um amigo no prédio, já que havia me mudado há pouco tempo e não conhecia ninguém ali. Além de já saber que ele gostava de outra mulher, sendo assim, eu me sentia segura. Não pretendia ter nenhum tipo de envolvimento tão cedo, ainda estava muito ressentida com o que havia acontecido comigo.

Chega de me meter com canalhas!

Depois do jantar, George se ofereceu para me ajudar a arrumar a cozinha, dobrando as mangas da camisa. Fiquei agradecida, porque odiava tarefas domésticas.

— Devo admitir que você é muito habilidoso com a louça — disse, observando-o.

E tem belos antebraços, pensei.

— Prática de anos vivendo sozinho.

— Eu moro sozinha, há bastante tempo e não tenho essa prática toda.

Cama de gato

Louças lavadas e guardadas, cozinha arrumada, voltamos para a sala.

— O que faremos com o gato? — perguntei, parados lado a lado, enquanto o contemplávamos dormir, tais quais pais zelosos.

— Eu não sei. — Ele deu de ombros. — Creio que ele vai continuar fugindo da minha casa para a sua.

— Sendo assim, podemos ter uma espécie de guarda compartilhada; deixarei comida, água e uma caixa de areia para ele aqui.

— Tem certeza de que ele não irá incomodá-la? Porque assim, ele nunca mais vai querer sair daqui.

— Eu vou gostar de um pouco de companhia.

— Mas, hoje, ele vai para a minha casa. — George segurou o gato, com cuidado.

Ao me despedir e fechar a porta, senti um grande vazio; seria melhor dormir, pois, no dia seguinte teria muito trabalho pela frente.

Tive um sonho bem real, Eric me acariciava, então, começava a lamber meu pé com a sua língua áspera, me fazendo cócegas; eu comecei a rir.

— Por favor, pare! — pedi, quase sem folego, entre risos.

Espera aí! Lambendo o meu pé?

Despertei, puxei a minha perna e olhei para baixo.

— Sabbath, o que você está fazendo aqui?

O gato me ignorou e continuou deitado, procurei pelo meu telefone.

— Ai! Seis e meia! Ainda é muito cedo! — gemi, desolada. Tentei, contudo não consegui voltar a dormir.

Aproveitei e cheguei bem cedo ao trabalho, comecei a separar as roupas para a devolução. As pessoas chegaram e se espantaram ao me encontrar.

— O que houve, Sabrina? — Ícaro perguntou, surpreso.

— Por quê?

— Você chegou muito cedo.

— O trânsito estava bom hoje.

— E aquele gato?

— Como você soube do gato? — Meus olhos arregalaram.

— Porque você contou que estava saindo com um homem maravilhoso e tudo mais, deixou todos se mordendo de inveja — ele respondeu, com um ar entediado.

— Ah! Esse gato! Não deu em nada. Terminamos — respondi, dando de ombros com falsa indiferença.

— E você vai contar quem ele era, afinal? — Ícaro se aproximou, ansioso para a revelação.

— Não vale a pena, descobri que ele é casado. Não quero mais confusão na minha vida.

— Casado? E não vai rolar nenhuma vingançazinha por conta disso?

— Vingança? Tipo o quê?

— Sei lá! Contar para esposa dele ou algo parecido.

— Não vou ganhar nada com isso, só aborrecimento. Deixa para lá, porque tenho fé de que um dia ele vai pagar bem caro pelo que fez comigo — respondi, sacudindo as mãos na minha frente, querendo bancar a magnânima. Além disso, estava na hora de acabar com aquela conversa. — E agora, tenho muito trabalho a fazer.

Na volta para casa, passei em uma *pet shop* e comprei tudo que precisava para o gato: pratinhos, caixa de areia, ração, brinquedos. Ao abrir a porta do meu apartamento, não me espantei ao encontrar Sabbath no sofá. Ele me fitou como se esperasse por mim. Foi uma sensação boa.

— Olhe que eu trouxe para você! — falei, levantando as sacolas. Fui para a cozinha enquanto ele me observava, atentamente.

Coloquei a ração e a água nos potes e a caixa de areia em um canto; logo em seguida, Sabbath apareceu atrás de mim, roçou nas minhas pernas e devorou a comida.

— Agora é minha vez.

Abri a geladeira, havia apenas uma garrafa de água. No freezer, a comida congelada havia acabado. Eu me recriminei por ter me esquecido de mim, porém pensei que só assim iria emagrecer, ficar igualzinha aquelas modelos das produções, só que precisaria crescer uns 15 centímetros.

Cama de gato

— É melhor ligar para o George e avisar que você está aqui — falei para o gato, que acabou de comer e estava usando a caixa de areia. Enruguei a testa imaginando que teria que limpar aquilo.

Fui até o interfone e digitei o número do apartamento do meu vizinho e, depois de algum tempo, ele atendeu.

— Sabrina, imaginei que fosse você, pois não achei Sabbath por aqui.

— Você está certo, ele está comigo.

— Imaginei. Você já jantou? Porque eu comprei uma lasanha em restaurante perto do meu trabalho, mas é muito para mim.

Diga que sim, que já jantou.

— Não, eu ainda não jantei — respondi, pois não dava para recusar uma lasanha.

— Que ótimo, então venha para o meu apartamento, porque ela já está no micro-ondas, aquecendo.

— Estou indo.

Achei que deveria levar alguma coisa, talvez um vinho ou uma sobremesa, assim abri os armários e procurei, concluindo que precisava fazer compras. Então, sem jeito, cheguei no apartamento dele.

George abriu a porta, olhando direto para as minhas mãos, reparando nelas vazias.

— Cadê Sabbath? —indagou, franzido a testa.

— Deixei ele lá em casa, dormindo.

— Então, seremos só nós dois. Vamos, entre! — Ele saiu da frente para me dar passagem.

O apartamento tinha um delicioso aroma de massa fresca e molho de tomate com manjericão, atiçando a minha fome que julgava domada. Reparei como o lugar estava muito arrumado, bem diferente do meu. A mesa estava posta

— Sente-se. Quer uma taça de vinho? Acabei de abrir uma garrafa. — Ele apontou em direção à mesa, onde havia uma taça meio cheia de vinho tinto. Eu concordei. — Não tenho o hábito de beber durante a semana, mas estamos quase no fim de semana — explicou, enchendo outra taça e me entregando. — Pode se sentar, que eu pego a lasanha.

— Precisa de ajuda?

— Não, está tudo sob controle.

Assim, fiz o que ele me disse, esperei que retornasse com uma travessa de lasanha quentinha e cheirosa e uma salada verde; realmente, ele pensava em tudo.

— Estou impressionada com seus dotes como dono de casa — confessei, enquanto jantávamos.

— Obrigado.

— Você e Letícia namoraram por muito tempo? — perguntei à queima-roupa.

George parou com o garfo no ar e me encarou por um breve momento.

— Por alguns meses. Nós nos conhecemos quando me mudei para esse prédio, logo ficamos amigos. Ela achava que eu era *gay*. — George riu com a lembrança —, por isso, ela me contava todos os detalhes dos seus relacionamentos, chorava no meu ombro quando se dava mal.

— Por que ela achou isso de você?

— Ela me confessou que foi por causa do meu apartamento. — Eu olhei em volta; realmente era um apartamento muito bem decorado e arrumado. — Então um dia, ela descobriu que eu não era *gay* e ficou surpresa.

— Como ela descobriu? — Estava realmente interessada naquela história.

— Estávamos bem aqui, naquele sofá, e ela chorando e reclamando como os homens eram babacas, como não tinha sorte e todas aquelas baboseiras que as mulheres costumam dizer no fim de relacionamento — disse, com desdém. Eu devia ter feito uma cara feia, porque ele parou de falar.

— Continue — pedi.

— Toda aquela história e ladainha já estavam me irritando, então eu a beijei.

— Você a beijou assim de repente? — Fiquei admirada com toda aquela determinação. Ele assentiu. — Ela se espantou, a princípio, mas depois retribuiu o beijo, assim começamos a ficar juntos até de ela viajar.

— Então, vocês terminaram quando ela viajou? — quis saber, em tom casual, trazendo uma garfada a boca. Nesse momento, eu me dei conta que ele poderia levar minha curiosidade para um outro lado, imaginando que pudesse estar interessada nele. — Desculpe, estou sendo intrometida.

— Não se preocupe, eu não ligo. Nós não terminamos por assim dizer. — Ele me deu um sorriso triste.

— Mas, ela está lá e você aqui.

— Eu sei — falou, desanimado.

George não precisava dizer mais nada; estava na cara que ainda era caidinho pela tal Letícia.

4

Naquela tarde, cheguei correndo em casa e, como de costume, Sabbath dormitava, despreocupadamente no sofá. Ele abriu os olhos e acariciei a sua cabeça.

— Sabbath, você nem imagina! Eu vou a uma festa de lançamento de uma coleção de uma grande loja, em que trabalhei na produção das fotos. Ícaro conseguiu um desses convites quase impossíveis para mim. Sabe que tipo de festa é essa? Aquela para arrasar, de aparecer em todas as redes sociais, cheia de gente importante e homens bonitos e solteiros. Quem sabe, eu não me dou bem desta vez, por isso, vou fazer uma produção muito especial e, talvez, eu descole alguém para aproveitar o resto da noite, você me entende? Tenho certeza que não. Olha! — Mostrei a bolsa que trazia na mão. — Consegui até um vestido muito lindo para essa festa. Agora, vou tomar um banho e me produzir.

Entrei no boxe, abri o chuveiro e não caiu nem uma mísera gota d'água; tentei de novo e nada.

— Merda! — gritei, me enrolei em uma toalha. Pelo interfone, falei com a portaria.

— Teve um vazamento na coluna do banheiro no apartamento de cima do seu, e a água teve que ser desligada. O bombeiro vem amanhã de manhã consertar — o porteiro me comunicou.

— Amanhã? Eu tenho uma festa hoje! Uma festa de arrasar, preciso tomar banho e me aprontar. O que eu vou fazer? — Fiquei desesperada.

— Lamento, mas não posso fazer nada, só amanhã.

Deliguei, desanimada; não adiantava brigar. Olhei em volta em busca de alguma solução. Poderia tomar um banho improvisado na pia da cozinha, mas não daria certo; além de fazer a maior bagunça, precisava me depilar e lavar os cabelos. Então, tive uma ideia, voltei ao interfone e digitei o número do apartamento de George. Enquanto chamava, me convencia que não havia mal nenhum; afinal, éramos vizinhos, poderia pedir um favorzinho inocente.

Cama de gato

Assim que ele atendeu, expliquei a situação, um tanto sem jeito.

— Claro, não tem problema nenhum, pode vir.

Se George estivesse ao meu lado, pularia no pescoço dele e encheria seu rosto de beijos. Felizmente, não estava, pois não sabia se ele me entenderia.

— Muito obrigada! Muito obrigada mesmo! — falei, assim que ele abriu a porta.

Havia levado comigo tudo que precisaria para tomar um bom banho; depois voltaria para meu apartamento a fim de terminar de me aprontar.

— Não tem de que. Afinal, você está sendo bem legal com essa história do gato. Você sabe onde é o banheiro, então, fique à vontade. Além disso, é muito ruim chegar em casa e não ter água.

— É mesmo, ainda mais hoje.

— Precisa de alguma coisa, toalhas limpas, sabonete?

— Não preciso de nada, trouxe tudo lá de casa — Mostrei a ele, as minhas mãos ocupadas com o que precisaria para o banho.

— Tudo isso? — George se espantou ao ver a minha pequena maleta.

— Sabe como é, tenho uma festa importante, mais tarde.

— Fique à vontade.

Aproveitando a deixa, vou direto para o banheiro. Já estive lá antes, quando jantamos juntos, na outra noite. Morri de inveja, pois era tão organizado e limpo, diferente do meu que é cheio de embalagens de xampu e cremes pela metade, roupas penduradas nos registros e calcinhas dentro do boxe, maquiagem e escovas em cima da bancada. Por isso, tive até medo de tirar algo do lugar e bagunçar, mas fui em frente. Fiz tudo que tinha que fazer, me depilei, lavei os cabelos, arrumaria eles depois, esfreguei meu corpo com uma esponja macia e um sabonete especial para a pele ficar bem lisinha. Após o banho, passei um creme hidratante em todo corpo. Eu me sentia uma nova mulher quando saí do banheiro, claro, depois de deixar tudo devidamente organizado.

Ao voltar para a sala, encontrei George sentado no sofá e, na mesinha à sua frente, havia um prato com apetitoso sanduíche e um copo de cerveja gelada. Ele estava descontraído, usando bermuda e camiseta, e havia uma imagem congelada de um filme prestes a começar na televisão.

— Estou jantando, se quiser, posso fazer um desses para você também.

Fiquei balançada em aceitar, porque estava morrendo de fome.

— Sua oferta é tentadora, mas obrigada, agora não posso, preciso ir e acabar de me aprontar.

Não queria confessar que a minha pretensão era manter a barriga bem lisinha para usar o meu vestido.

Ele deu de ombros e me levou até a porta.

— Boa festa, Sabrina.

— Boa noite e obrigada, George.

Como eu imaginei, a festa foi simplesmente o máximo. Maravilhosa! Havia tanta gente bonita e interessante, dancei como uma louca, bebi muitos drinks incríveis. No meio da noite, um homem bem atraente, chamado Lucas, se aproximou de mim, tinha aquele estilo meio misterioso e cafajeste que tanto me atraí, e contou que era artista e estaria expondo seus quadros em uma galeria da cidade. E me convidou para ir até lá qualquer dia desses. Ele era absolutamente lindo e *sexy*, assim trocamos alguns beijos bem ardentes, porém, ficou só nisso mesmo. Prometemos nos encontrar, mas eu sabia que não iria acontecer.

Por fim, voltei para casa, para me deparar com a triste realidade da falta d'água no meu banheiro. Mas eu estava tão cansada que só lavei o rosto e escovei os dentes na pia da cozinha. Não encontrei Sabbath em lugar nenhum; sendo assim, essa noite terminaria comigo, sozinha na minha cama. Suspirei fundo e caí em um profundo sono.

Na manhã seguinte, fui acordada cedo pelo insistente toque do interfone. Tentei ignorar e voltar a dormir, mas não deu, pois não desistiram; seria melhor me render. Arrastei-me para fora da cama, ainda tonta de sono com os olhos pesados.

— Está havendo um incêndio ou algo parecido? — perguntei, de mau humor.

O porteiro não se abalou, não devia ter sido a primeira a reclamar.

Cama de gato

— Não, é só para informar que vai haver uma obra no apartamento de cima, para consertar o cano furado.

— Ah, não! — gemi, já prevendo a barulheira.

— E a água vai ficar fechada todo o fim de semana.

— Como assim? — Talvez, não tivesse escutado tão bem devido ao sono; meus pensamentos estavam lentos.

— Não terá água no seu apartamento no fim de semana — ele repetiu, devagar, e eu não podia nem queria acreditar. Como iria sobreviver?

Sem alternativa, voltei para a cama e dormi outra vez. Acordei no meio da tarde, pressentindo que estava sendo observada. Abri os olhos lentamente e encontrei aqueles brilhantes olhos verdes me encarando.

— Sabbath, o que faz aqui? — indaguei, sonolenta. — Você não pode ficar aqui em casa, pois não tenho água.

O gato me deu um olhar indiferente, deitando-se ao meu lado. Acariciei a sua cabeça, pensando no que faria. Pouco depois, enchi-me de coragem e fui ao interfone para falar com George. Considerei que seria melhor ter o número do telefone dele. Contei-lhe toda a minha triste história de carência hídrica.

— Pode deixar, eu vou aí pegar o Sabbath — ele se prontificou imediatamente.

Começava a sentir as consequências da falta d'água. Meu banheiro cheirava mal, então coloquei um monte de desinfetante e fechei a porta.

Como poderia aguentar isso por todo o fim de semana? Teria que colocar desinfetante em mim mesma por ficar sem banho.

A campainha tocou. Vesti o roupão antes de atender. George estava parado na minha porta, mesmo com roupas casuais, ele parecia bem-vestido e ... limpo, cheirando bem.

— Oi, Sabrina. Que dureza.

— Sim, não sei o que fazer durante todo o fim de semana, pensei ir para a casa de uma amiga, já que minha família não é daqui. — Soltei o ar com força. — Vou pegar o Sabbath. Ele está dormindo no meu quarto. Entre — convidei, porém me arrependi, pois meu apartamento não cheirava muito bem.

Voltei com o Sabbath, que cochilava no meu colo, e o entreguei a George.

— Sabrina, você pode tomar banho, pegar água ou mesmo ficar no meu apartamento, quando quiser.

5

Não podia acreditar naquela oferta tão generosa. Significava que não precisaria pedir um favor, fazer uma mala enorme e me mudar para a casa de não sei quem. Enfim, poderia ficar ali mesmo no meu apartamento, com todas as minhas coisas ao alcance.

Será que entendi direito?

— Você tem mesmo a certeza, que posso usar o seu banheiro?

— Sim, tenho. A não ser que tenha outros planos.

— Não, não tinha plano nenhum. Seria maravilhoso! Então, eu posso ir até lá tomar um banho, agora?

—Sim, e usar o banheiro para tudo mais que precisar.

— Eu nem sei como agradecer.

— Não precisa.

— Então, vou juntar tudo e ir até lá, não tomo um banho desde, ontem à noite, antes da festa.

— É, eu percebi — Ele me deu um sorrisinho malicioso. Fiquei aflita, imaginando se estaria cheirando mal, pelo jeito que dancei e me agarrei com Lucas, mesmo com todo perfume francês que usei.

— Está tão na cara assim?

— Vejo você depois.— Virou-se e foi embora, me deixando no ar.

Na cara? Corri para o espelho mais próximo, para constatar que toda aquela maquiagem, que deixou os meus olhos misteriosos e sedutores na noite anterior, havia se desfeito, me deixando com cara de guaxinim. Ainda bem que foi só George que me viu assim.

Usei o demaquilante para remover todos os resquícios daquele desastre antes de ir para o apartamento dele com minha pequena bagagem para tomar banho. Estava sem jeito, mas ele não parecia se importar com a minha invasão. Quando a água morna começou a cair sobre o meu corpo, removeu todo qualquer sentimento de intromissão da minha parte.

Saí do banheiro uma outra mulher, completamente revigorada. Encontrei George e Sabbath instalados no sofá da sala.

— Bem, obrigada pelo banho. Já estou voltando para o Atacama.

— Não precisa ter pressa.

— Para falar a verdade, eu nem almocei ainda.

— Se quiser, posso ver se tem algo na minha geladeira.

— Não quero incomodar você ainda mais.

— Você não está incomodando, só tenho um compromisso mais tarde, à noite. — Considerei que a fila andava e Letícia estava se tornando uma mera lembrança. — Vou jantar com um velho amigo. Espere um pouco que volto já. — Antes que eu protestasse, ele sumiu pela porta da cozinha.

Fiquei parada no meio da sala, sem saber o que fazer. Sentei-me no sofá e comecei a alisar as costas do gato, quando meus olhos depararam com algo, estiquei a mão para pegar o porta-retratos na mesinha lateral ao sofá, onde a imagem de uma linda mulher loura com um sorriso doce estava congelada.

— Essa é Letícia — Fui pega em flagrante quando ele voltou com um prato, com algo que cheirava muito bem. Coloquei o porta-retratos, rapidamente no seu lugar e sorri, sem graça.

— Realmente, ela é bem bonita.

— Sim, é. Essas são as sobras do meu almoço. Espero que goste de peixe. É salmão com molho de alcaparra e salada verde.

Para mim, com a fome que tinha, ficaria feliz com uma sopa de pedra, mas aquilo estava muito bom.

— Você é quem fez? Porque está muito bom! — quis saber, entre uma garfada e outra.

— Sim — respondeu, todo orgulhoso.

— Estou realmente impressionada. Você será um ótimo marido para uma garota de sorte.

Percebi uma nuvem passar pelo seu rosto. Aí, eu me lembrei da história da Letícia. Eu e minha boca grande! Comi o resto da refeição calada. Já havia falado demais. Depois agradeci, desejando que tivesse uma noite divertida, e fui embora, de volta ao meu apartamento fedorento.

Definitivamente, não podia ficar trancada naquele lugar a noite toda. Por isso, liguei para umas amigas para dar uma saída: um barzinho, dançar, qualquer coisa que me tirasse dali. Mas todas estavam ocupadas ou tinham algum plano: um encontro, um compromisso. Uma delas me convidou para o aniversário da tia, que, com certeza, eu recusei, pois seria demais para mim. Assim percebi que precisava planejar melhor a minha vida social, para não acabar sozinha em uma noite de sábado.

Sendo assim, resignada, resolvi que dormiria cedo para colocar o meu sono em dia. Talvez não fosse uma má ideia. Então, eu ouvi algo surpreendente, corri para o banheiro e vi, extasiada, que a água estava caindo do chuveiro, que esqueci ligado. Um verdadeiro milagre. Os operários deviam ter acelerado o conserto. Meu mau humor desapareceu de imediato. Fiquei tão feliz que dei uma boa limpeza no banheiro, deixei tudo cheiroso, arrumado e brilhando. Estava orgulhosa do meu trabalho, quando terminei.

Tomei mais um banho no meu ultra limpo banheiro e me aprontei para dormir, pensando que não precisaria pedir mais favor a ninguém. Mesmo assim fiquei um tantinho chateada, pois não teria mais uma desculpa de ir ao apartamento de George, para conversar.

No meio da noite, sonhei que estava em um lugar idílico diante de uma maravilhosa e imponente cachoeira. Esta despencava em um lago azul, no meio da mata virgem. Fiquei ainda mais encantada quando um lindo arco-íris surgiu bem na minha frente, originado das águas. Suspirei, enlevada com a visão. Nesse momento, senti algo roçar em mim. Olhei para o lado e vi Sabbath.

— Sabbath, o que você está fazendo no meu sonho? — O gato insistiu em chamar a minha atenção, miando. — Agora não, Sabbath, estou tendo um sonho bom — protestei, mas já era tarde; havia despertado.

Queria voltar a dormir e sonhar com a minha linda queda d'água e aquele som reconfortante.

Mas espera aí! Som reconfortante?

Escutei o barulho de água caindo, porém estava bem acordada no momento. Prestei mais atenção; o som parecia bem próximo. Será que deixei alguma torneira aberta? Tonta de sono, eu me levantei, e meus pés tocaram em algo frio.

Água!

Tirei os pés do chão e acendi o abajur para observar a trilha de água que vinha por baixo da minha porta. Com muito cuidado, para não pisar no molhado, acendi a luz e abri a porta. O corredor estava inundado pela torrente de água que saía do meu banheiro. Corri até lá e parei, perplexa diante da cena. Havia um buraco no meu teto por onde jorrava uma verdadeira cascata. Corri até o interfone e liguei para o porteiro.

— Vou desligar a água imediatamente, dona Sabrina.

— Depressa, antes que eu me afogue!

Passaram-se uns bons minutos, antes de a água parar de jorrar. Olhei o meu apartamento alagado e soltei o ar com força, desanimada. Teria muito trabalho pela frente.

Seria uma longa noite.

6

Peguei a vassoura, o rodo, um balde e muitos panos. O lugar estava tão encharcado que nem sabia por onde começar, pois a água havia chegado até a sala e ao meu quarto. Achei melhor começar por lá antes que estragasse o chão. Com o rodo, comecei a puxar a água, enquanto Sabbath, em cima da cama, me observava curioso.

— Olhe só, que trabalheira! — falei para ele, que me encarava, com extremo interesse, enquanto executava minha árdua tarefa.

A campainha tocou, e eu tinha certeza de que era o porteiro.

— Tudo bem aí, dona Sabrina?

— O que você acha? — Saí da frente para que ele visse o estrago.

— Puxa! Eu sinto muito, mas parece que o cano novo se soltou e vazou tudo para aqui.

— Eu sei, deu para perceber. — Não estava com o meu melhor humor.

— Já que está tudo bem, vou voltar para a portaria. Boa noite.

Queria falar para ele que não estava tudo bem, mas não havia nada que ele pudesse fazer.

— Boa noite — respondi, desanimada. Sabia que a noite não seria nada boa.

As primeiras luzes do novo dia já surgiam quando terminei a limpeza e, completamente exausta, caí na cama, só desejando dormir. Mas precisava cuidar de Sabbath, por isso, achei melhor deixá-lo com George, pois assim ficaria livre dessa preocupação.

— Eu lamento, mas você vai precisar ficar com George hoje, Sabbath — informei, quando o peguei no colo e ele reclamou com um longo miado.

Subi as escadas até o apartamento do meu vizinho e toquei a campainha. Ele demorou a atender; era muito cedo, mas eu precisava dormir. George abriu a porta com cara de sono, que se transformou em espanto, já que devia estar com uma aparência horrível. No entanto, era o George, por isso não tinha problema.

— O que aconteceu, Sabrina?

— Um acidente lá em casa.

— Algo grave?

— Sim e não; houve um tremendo vazamento, um cano estourou, inundou todo o meu apartamento. Passei a madrugada secando o lugar. Estou exausta. Queria dormir um pouco, por isso, achei melhor trazer Sabbath.

— Claro! — Ele tirou o gato das minhas mãos.

Nesse momento, observei um homem usando só uma cueca boxer preta passar pela sala sem nenhum constrangimento. Devo ter feito cara de espanto, imaginando que, talvez, George fosse gay ou bissexual, que aquela história de Letícia era só enrolação; só podia ser morando naquele lugar tão bem decorado e arrumado. Foi quando meu anfitrião virou para trás, acompanhando o meu olhar.

— Ei, cara! Não vê que tenho visita! — George o repreendeu.

— Foi mal, mas eu tinha que ir ao banheiro — o outro homem disse, desaparecendo da minha visão.

— Desculpa, aquele é Elias, o amigo com quem saí para jantar ontem, só que ele bebeu demais, então, eu o trouxe aqui, para dormir no sofá — ele esclareceu, bem depressa.

Elias reapareceu atrás de George. Havia colocado calças, mas ficou sem camisa, deixando à amostra as suas tatuagens, sua barriga sequinha e seu peito e os braços bem torneados, atraindo a minha atenção. Tentei disfarçar, e mesmo com a cara sonolenta e um sorriso meio bobo, ele era bem bonito.

— Bom dia, moça — Elias falou de um jeito sedutor.

— Bom dia — respondi, sem graça. Arrependida por estar tão desarrumada, passei as mãos nos cabelos, querendo melhorar um pouco a minha aparência.

— Olá, Sabbath, meu velho — Elias acariciou a cabeça do gato, que pulou do colo de George e foi direto tomar posse do seu sofá.

— Por favor, entre, Sabrina. Tome café conosco — George me convidou; estava inclinada a recusar.

— Sim, Sabrina, tome café conôsco — Elias pediu, e eu assenti, sem poder dizer não.

Lá vou eu de novo!

Cama de gato

Eles me deram passagem para entrar.

— Vocês já são de casa, então, fiquem à vontade, enquanto eu preparo o café — George falou, se virando para a cozinha.

— Quer ajuda? — Eu ofereci por educação, mesmo já prevendo a resposta.

— Não precisa — George respondeu e desapareceu pela porta.

Elias se sentou, relaxado, no sofá bem ao lado de Sabbath; eu fiquei com a poltrona.

— Se não fossemos heteros, eu pegava o George. Ele é um dono de casa e tanto, ainda poderíamos conversar sobre esportes, bebendo cerveja. Seria um relacionamento perfeito — Elias comentou de forma casual. — Por onde andou, Sabbath? Por que não estava em casa? Estava atrás de alguma gata?

— Na verdade, ele estava em minha casa, sempre foge para lá.

— Você é quem está morando no antigo apartamento de Letícia?

— Sou. Você conhece Letícia?

— Claro que eu conheço. Dei Black Sabbath para ela. Eu curtia muito esse conjunto e achei que o nome combinava com um gato preto.

— Você? — As engrenagens da minha cabeça começaram a se movimentar, já que George me disse que foi um ex-namorado que deu o Sabbath para Letícia, e esse foi Elias; sendo assim, Elias era o ex-namorado de Letícia e amigo de George, que também namorou a garota. Isso era muito confuso!

— Eu e Letícia tivemos um relacionamento, que não deu muito certo. Nessa época, dei Sabbath para ela, porque vivia reclamando que eu a deixava sempre sozinha.

— E o George? — sussurrei.

— Eu apresentei Letícia a ele. Nós dois somos amigos desde o colégio. E sabia que George estava procurando por um apartamento e eu descobri esse. Ele se mudou para aqui e se tornou amigo de Letícia.

— Mas, eles estão juntos agora, você não se importa?

— Por que deveria me importar? Não rolava mais nada entre mim e Letícia, há um tempão, quando esse lance com George começou. Não tem nenhum problema. — Ele deu de ombros, parecia ser sincero, Será? Fiquei imaginando se fosse comigo, eu namorar um ex de uma amiga, no mínimo, seria bem estranho. — Tem alguma coisa rolando entre você e George? — perguntou à queima-roupa

Eu me assustei com a pergunta, pisquei duas vezes antes de responder.

— Não! — falei, olhando para a foto de Letícia sobre a mesinha lateral, como se ela pudesse nos ouvir.

— Por causa da Letícia? Ela está morando fora — Elias concluiu.

— George é só meu amigo.

— Ele é sempre um bom amigo, alguém para se ter por perto.

George voltou com uma bandeja nas mãos, carregado de apetrechos como xícaras e talheres. Corri para ajudá-lo a arrumar a mesa, enquanto, Elias ficou lá parado, só nos olhando.

Com a mesa posta, nós nos sentamos, começamos a nos servir.

— George, devia me agradecer por colocá-lo em um prédio que só tem vizinhas gatas — Elias brincou, descontraído, enquanto se servia de café.

— Obrigado, Elias. Serei eternamente grato a você por isso — George agradeceu, com sarcasmo.

— Sabrina me disse que não tem nada rolando entre vocês dois — Elias falava como se eu não estivesse ali, sentada, entre os dois.

— Não, claro que não. Somos só amigos.

— Então, você não se importaria caso eu convidasse a sua nova amiga para sair uma noite dessas.

— Espere aí! Estou bem aqui, ouvindo o que estão dizendo! – protestei, ofendida.

— Desculpe, Sabrina — George respondeu, visivelmente sem graça.

— Sendo assim, você quer sair comigo, Sabrina? — Elias perguntou, olhando direto nos meus olhos.

7

Comecei a rir, achando que aquele convite fosse apenas uma piada, mas Elias me encarou sério, e percebi que era de verdade. Engoli em seco. Meus olhos dançaram entre ele e George, que parecia, ao mesmo tempo, perplexo e aborrecido com a situação. Por um segundo, pensei em recusar, mas por que não? Afinal, ele não estava me pedindo em casamento; seria só uma noite para eu me distrair um pouquinho, e precisava disso, principalmente depois de ter sido chutada por Eric.

— Sim, podemos sair — respondi dissimuladamente casual. Elias sorriu vitorioso e se levantou.

— Vou deixar vocês dois sozinhos, para que George possa falar um pouco mal de mim — E foi em direção ao banheiro.

Voltei-me para George e esperei pelo seu veredicto.

— Não tenho nada a dizer sobre isso. Vocês são adultos e responsáveis, sendo assim, por que teria que me meter nessa história?

— Não sei, não. Eu acho que você não está sendo sincero.

— Já disse que não tenho nada a ver com isso. Elias é meu amigo de longa data, mas ele não é, como direi, muito confiável em relacionamentos. Eu vi como Letícia sofreu.

— Ela vinha chorar as mágoas com você?

— Sim, eu disse a você que éramos amigos e que ela achava que eu era *gay*. Mas, nós só ficamos juntos um tempo depois que ela terminou com Elias.

Ouvimos a porta do banheiro se abrir; então, nós nos calamos. Em seguida, Elias apareceu na sala.

— O tempo de falar mal de Elias terminou — anunciou, em tom de brincadeira. Nós dois não protestamos, pois era verdade e ele sabia disso. — Preciso ir agora — ele disse, vestindo a camisa. — Qual é o seu telefone, Sabrina? — Eu lhe dei o meu número. — Ligo para você para combinarmos. Obrigado por tudo, amigão — Deu um tapinha nas costas de George, dois beijos no meu rosto e foi embora. Eu e George encaramos a porta fechada por algum tempo.

— Este é o Elias — George completou.

— É — murmurei.

Por fim, ajudei George a arrumar a cozinha e lavar a louça.

— Quer assistir um filme? — ele me perguntou.

— Você não tem nenhum compromisso hoje?

— Não, só mais tarde, quando falarei com Letícia.

— E você?

— Não, todos os meus amigos estão ocupados. Não tenho nada programado, sendo assim...

— Você tem alguma preferência? — quis saber, sentando-se no sofá e pegando o controle da televisão.

— Nada de filme muito triste ou de guerra — determinei, acomodando-me ao seu lado.

— Nada de comédias românticas.

— Combinado.

Escolhemos um tenso filme de espionagem. George fez pipoca e trouxe cervejas, assistimos quase em silêncio.

— Você vai mesmo sair com Elias? — perguntou, assim que o filme terminou.

— Ainda não sei. Talvez, ele nem me ligue — Dei de ombros, fingindo indiferença.

— Ele vai ligar. Nunca dispensa a chance com uma garota bonita.

— Não exagere!

— Só não espere demais dele, pois, Elias não é capaz de se comprometer, como, talvez, você deseje.

— Foi assim com Letícia, não foi?

— Sim. No começo, ele parecia apaixonado, só falava dela, ficavam sempre juntos. Foi mais ou menos nessa época que me mudei para esse apartamento. Mas, de repente, tudo mudou. Ele começou a se afastar, ficava dias sem aparecer e dar notícias. Ela começou a vir aqui em casa, para perguntar se eu sabia dele.

— E você sabia?

— Sabia. Contudo, não queria dizer a ela, pois tinha certeza de que ele estava enrolado com outra garota. Eu fazia isso para que ela não sofresse.

— Então você mentia para Letícia?

Ele deu de ombros.

— Eu ficava no meio, sem saber como agir, então, fazia o que eu achava melhor para os dois, mas nem sempre o certo. Até que, finalmente, Letícia terminou com Elias, de uma forma nada amigável.

Eu o fitei por alguns instantes, sem ter uma opinião definida se ele agiu certo ou não. Nem saberia o que fazer se estivesse em uma situação semelhante. Quem sabe, agisse da mesma maneira. No entanto, isso não importava, porque comigo seria diferente. De jeito nenhum eu iria bancar a boba, nem tão pouco me envolver com um cara como Elias.

Na terça, Elias me ligou e me chamou para sair. Meu bom senso me dizia para recusar, mas eu nunca ouvia o meu bom senso, por isso, marcamos para a próxima quinta-feira. Prometi para mim que seria uma pessoa centrada, que não me envolveria seriamente, que era só diversão e nada mais.

Na noite combinada, estava em dúvida sobre que roupa usar. Por fim, optei por um vestidinho simples porque não pretendia passar a mensagem errada que estava interessada. Na verdade, eu estava, mas não muito. Sentia-me um tanto reticente devido à minha mais recente experiência e à fama de Elias. Então, deveria ir bem devagar, sem forçar a barra, para ver até onde isso iria dar.

Meu acompanhante atrasou meia hora, e eu que havia feito um esforço e tanto para estar pronta mais ou menos na hora combinada. Já imaginava que ele houvesse desistido. Enfim, Elias chegou, surpreendentemente, bem-vestido e cheiroso, em um belo carro, me deixando impressionada. Não esperava por tudo aquilo. Percebi que ele era mais bonito do que eu me lembrava.

— Desculpe-me pelo atraso, estava trabalhando.

— E em que você trabalha?

— Nada tão glamoroso quanto você. Digamos, com entretenimento.

— Isso é muito vago.

— Não seja curiosa. Você vai descobri depois.

Ele apenas sorriu, enigmático, me deixando ainda mais curiosa. Fiquei imaginando o que ele fazia. Queria muito descobrir e perguntaria a George depois.

Para minha completa surpresa, ele me levou a um pequeno e elegante restaurante e pediu um bom vinho. Comemos maravilhosamente bem. Aquele não parecia o homem um tanto inconveniente do outro dia. Ele foi tão educado e atencioso como nunca esperaria.

Quando Elias me deixou em casa, esperei, posso dizer que até desejei, que ele tentasse pelo menos um beijo. Contudo, como um perfeito cavalheiro, despediu-se com singelos beijinhos no rosto, sem tentar mais nada, mas me convidou para sairmos no próximo fim de semana. Achei que George estivesse exagerando ou Elias tivesse mudado, amadurecido. Quem sabe, eu poderia relaxar um pouco e ficar menos receosa em relação a ele.

Ao entrar no meu apartamento, Sabbath dormia confortavelmente no meu sofá. Ele abriu os olhos e me encarou, sonolento.

— Sabbath, sabe com quem eu sai hoje? Com Elias! Você se lembra dele? Pois é, foi uma noite acima da minha expectativa! — O gato me encarou com pouco-caso, fechou os olhos e voltou a dormir. Dei de ombros e fui para o meu quarto.

8

Não vi George durante toda a semana. Decidi que não comentaria sobre o meu encontro com Elias; não queria que ele minasse a minha boa impressão. Enquanto isso, Sabbath circulava entre os dois apartamentos sem se preocupar com as restrições, sentindo-se em casa em ambos os lugares.

No sábado, foi um pouco diferente. Elias me pegou em casa, e fomos a um barzinho descolado, que já havia ido antes, cheio de gente bonita. Dessa vez, foi bem mais divertido. Eu estava menos tensa, mais espontânea, e nem me importei quando ele passou o seu braço sobre os meus ombros e acariciou com a pontas dos dedos a minha pele. Senti um arrepio subir pela minha espinha, aquilo foi bom, melhor ainda quando, finalmente, ele me beijou.

Nossa! Como ele beijava bem!

Depois, saímos para dançar na Fox, uma boate da moda e muito bem frequentada, e foi bastante divertido. Ele era muito sexy, tinha tudo para eu ficar caidinha, então, vamos com calma! No fim da noite, na frente do meu prédio, dentro do carro, ele começou a me beijar ardentemente. Precisei reunir todas as minhas forças e o empurrei com delicadeza, evitando aqueles olhos famintos, me atiçando.

— Boa noite, Elias — disse, escapando dos seus braços.

— Boa noite, Sabrina — respondeu de modo tristonho e me deu um olhar de cachorrinho abandonado. Mas, eu era uma mulher forte e determinada; não me deixei abater. Saí do carro e corri para a minha portaria.

Ao entrar no elevador, respirei fundo. Aquele homem era demais, mas depois de Eric, fiquei um pouco mais precavida.

No domingo, acordei tarde, fiquei enrolando na cama, cheia de preguiça, imaginando como seria esticar o braço e encontrar Elias do outro lado.

Durante o resto do dia, fiquei esperando que ele me ligasse, mas nada. Quem sabe, Elias queria bancar o difícil depois que eu o dispensei ontem à noite. Dei de ombros e resolvi esperar, sem querer parecer ansiosa. Talvez eu devesse mandar uma mensagem, dizendo que gostei da noite. *Ou seria melhor aguardar?* Assim, passei o restante do fim de semana em casa, na companhia de Sabbath, sem tirar o telefone de perto, na esperança que ele entrasse em contato. No entanto, isso não aconteceu.

Na segunda-feira pela manhã, acordei bem cedo. Teríamos muito trabalho pela frente, pois começaríamos a produção de uma nova campanha e haveria uma reunião com a equipe. Sabia que Ícaro ficava bem nervoso no início de trabalho, por isso, ninguém queria dar bobeira e perder a hora.

Saí de casa tal qual um zumbi, zonza de sono, morrendo de inveja de Sabbath, que ficou dormindo tranquilamente na minha cama, com a barriga bem cheinha. Enquanto, esperava o elevador, encostei na parede e fechei os olhos, só despertei quando ele chegou e abriu as portas e vi George lá dentro, arrumado para o trabalho.

— Bom dia, Sabrina. — cumprimentou-me em tom divertido.

— Bom dia, George. — Soltei um grunhido mal-humorado.

— Acordou cedo hoje?

— Trabalho.

— Como foi com Elias?

— Bom. Nós já saímos duas vezes.

— Eu sei.

— Sabe! Como?

— Elias me contou — George falou de um modo casual.

— Quando?

— Saímos ontem à tarde, para beber.

— Vocês saíram, ontem? — Fiquei surpresa.

— Sim. — Ele deu de ombros. — Quer jantar lá em casa, hoje à noite?

Fiquei tentada, adorava a companhia e a comida de George, mas...

— Hoje vai ficar difícil, estamos começando um trabalho novo, não sei a que horas vai terminar— respondi, com pesar.

— Então, amanhã?

— Amanhã está ótimo. Eu levo a sobremesa.

— Às 8, está bem?

— Perfeito!

Cama de gato

O elevador chegou ao térreo, nos despedimos, e cada um tomou o seu caminho.

Durante todo o trajeto para o meu trabalho, fiquei imaginando porque Elias saiu com George, mas não falou comigo. Mas o que que tem? Eu precisava deixar de ser tão paranoica; afinal, os dois eram amigos há muito tempo.

Na empresa, todo mundo havia chegado cedo, cada um com um copo na mão, de sabores variados: sucos, café, cappuccino, energéticos, qualquer coisa para espantar o sono e dar energia para um dia bastante atarefado.

Mesmo não parando nem por um segundo, vez ou outra, esticava os olhos para o meu telefone, mas nada de Elias. Então, dava de ombros e continuava o meu trabalho. Só bem no fim do dia que recebi uma mensagem dele, perguntando se poderíamos nos ver mais tarde. Fiquei feliz, porém, tive que responder a verdade, que teria muito trabalho pela frente.

"Amanhã?" Ele quis saber. Já tinha um compromisso com George e não queria desmarcar.

"Não dá", respondi sem muitas explicações.

"Você é uma garota bem difícil", Elias me provocou, fiquei satisfeita com essa observação, seria melhor que ele pensasse assim.

Respondi que não sou tão difícil assim, por isso poderíamos nos encontrar na quarta à noite, e ele concordou.

Voltei ao trabalho mais feliz, quem sabe nós poderíamos dar certo.

Na terça à noite, toquei a campainha do apartamento de George, que atendeu e olhou diretamente para as minhas mãos, de um jeito divertido. Foi quando eu me lembrei que esqueci da sobremesa prometida.

— Boa noite, Sabrina.

— Desculpa! Eu me esqueci da sobremesa — murmurei, sem graça, abanando as mãos.

— Não tem importância, porque eu comprei uma — ele falou, afastando-se para eu entrar.

— Você comprou uma? — Eu não sabia se ficava aliviada ou ofendida, por ele não confiar em mim.

— Sim, porque você anda muito ocupada.

Achei melhor encerrar o assunto.

— Quer ajuda?

— Está quase tudo pronto. Se quiser, arrume a mesa. Como anda o novo trabalho?

Comecei a distribuir os pratos e talheres, ele se encostou no batente da porta da cozinha e ficou me observando.

— Trabalhoso. — Ri da minha própria piada. — Desculpa, foi infame. Está indo bem. E você?

— O de sempre. Quer beber alguma coisa?

— Quero, mas acho melhor não.

— Então, só água. — Ele saiu e voltou com um copo d'água para mim e uma taça de vinho para ele, morri de inveja. — Tem falado com Elias? — perguntou, de modo casual, me entregando o copo.

— Trocamos mensagens ontem, vamos nos ver amanhã.

— Então, parece que estão indo bem.

— Suponho que sim. — Dei de ombros, pois eu não tinha certeza.

— Espero que dê certo.

— Mas, você não acredita, não é?

— Vou ver o macarrão, para que não passe do ponto.

Ele voltou para a cozinha, fugindo da minha pergunta, no entanto, não precisava responder, eu já imaginava qual seria a sua resposta. Sendo assim, nós dois não tocamos mais no nome de Elias, durante o resto da noite.

— George é um nome diferente. — Era bastante curiosa, assim, aproveitei quando estávamos à mesa

— Meu pai era fã dos Beatles.

— Por acaso, você não tem irmãos chamados Ringo, Paul ou John?

Ele deu uma risada verdadeira.

— Não, só sou eu.

Durante o jantar, aproveitando a boa comida e a ótima conversa, me veio a lembrança do que Elias havia me falado, que ficaria com George se ambos não fossem heterossexuais. Sorri, considerando que ele estava certo, porém, um rápido desvio do olhar, encontrei a foto de Letícia nos observando e o meu sorriso se perdeu no mesmo instante.

9

No começo da noite da quarta-feira, entrei apressada no meu apartamento, com o telefone na mão, tentando, pela milésima vez, falar com Elias. Havia deixado um monte de recados, sem retorno. Não tinha ideia se nosso encontro ainda estava de pé. Se eu deveria me aprontar ou não. Por via das dúvidas, tomei um banho, escolhi uma roupa bonita e fiquei à espera, mesmo sem muitas esperanças. Sentei-me no sofá ao lado de Sabbath, que estava em um sono profundo.

— Eu acho que ele não vem — disse, desanimada, para o gato adormecido, acariciando seus pelos macios.

Lá pelas tantas, eu já estava quase desistindo e indo para cama, quando o interfone tocou. O porteiro anunciou que Elias estava subindo. Fiquei um pouco aflita, pois nunca havíamos ficado assim, sozinhos, ainda mais no meu apartamento. Quando a campainha soou, abri a porta com um ar de brava.

— Tentei falar com você o dia inteiro! — disse de modo duro, logo de cara.

Ele não se abalou, deu um passo à frente e entrou, mesmo sem ser convidado.

— Desculpe, andei muito ocupado hoje — respondeu, sem demonstrar nenhum pingo de culpa.

— Então, vamos? — Eu me apressei, querendo sair logo dali.

Mas ele andou calmamente em direção ao gato adormecido.

— Olá, Sabbath — disse, acariciando a cabeça do felino, depois, olhou para mim. — Ele está morando na sua casa, agora?

— Não, ele só gosta de ficar por aqui.

— Pensei que podíamos fazer o mesmo e ficar por aqui, também.

Ele veio até mim e me encurralou contra a parede, tinha um olhar lascivo, um sorrisinho torto. Entendi muito bem o que ele queria, se aproximando e me beijando. Um beijo quente, cheio de desejo e promessas. Vacilei por um segundo. Por pouco... Não! Agora, não! Ainda era cedo. Então, eu escorreguei para baixo e escapei dos seus braços. Ele fez uma expressão triste, que me balançou, mas eu precisava ser firme.

— Eu estou muito estressada, preciso me distrair um pouco — dei uma desculpa, peguei a minha bolsa e segurei a sua mão para levá-lo para fora.

— Eu sei uma boa maneira de desestressar você — ele rebateu às minhas costas, e eu fingi que não ouvi.

Na rua, Elias me conduziu até um carro diferente, mais sério e caro do que o do outro dia, e que não combinava com ele.

— É do meu pai. O meu está na oficina — respondeu à pergunta não feita.

Dentro do carro, ele ligou o som.

— Aonde vamos? — perguntei, pois sabia que ele adorava lugares da moda.

— À festa de um amigo.

— Uma festa, hoje?

— Sim.

— Mas, eu preciso acordar cedo, amanhã.

— Não se preocupe, eu a trarei de volta pouco depois de meia-noite, Cinderela. — E posou a mão sobre a minha coxa.

— O que aconteceu com o seu carro?

— Um cretino bateu em mim. Mas, não foi nada demais, o carro só ficou um pouquinho amassado.

— Quando foi isso?

— No domingo à noite.

— Que bom que não se machucou. É de quem é essa festa de hoje?

— Eu já disse. De um amigo. Você vai gostar, promete ser bem divertida. — E deu uma apertada na minha coxa.

A festa era em uma casa em um condomínio meio distante. Foi fácil encontrar o lugar por causa da música alta e dos muitos carros parados na frente.

Elias me puxava pela mão, enquanto entrávamos pela casa e cumprimentava um monte de gente com tapinhas nas costas e beijinhos no rosto, sem se preocupar em me apresentar.

— Quer beber algo? — perguntou, por cima do som alto, sacudi a cabeça afirmativamente, assim, ele soltou a minha mão e desapareceu por entre os outros convidados. Fiquei ali parada, no meio de um monte de estranhos por infinitos minutos até ele reaparecer, com dois copos na mão e entregou um para mim. Fazia muito calor e a cerveja gelada caiu bem, apesar do meu estômago vazio reclamar. — Quer dançar?

Concordei, e ele me puxou para a pista de dança improvisada, onde a penumbra era quebrada pelos movimentos das luzes coloridas. Começamos a dançar. Elias dançava bem, tinha ritmo e coordenação, movimentava seu corpo sensualmente, era gostoso de ver. Percebendo meu interesse, ele me segurou pelos quadris e nós nos movemos na mesma sintonia.

— Se dançando nós nos damos tão bem, imagine no resto — sussurrou no meu ouvido. Um arrepio subiu pela minha espinha, dei um risinho nervoso. Ele podia estar certo, prometia ser muito bom.

A festa foi ficando cada vez mais animada, mais gente chegando. E volta e meia, Elias colocava um copo cheio na minha mão, já estava um tantinho zonza, quando me dei conta do mundo real lá fora.

— Preciso ir, eu trabalho amanhã cedo, quer dizer, hoje.

— Mas, logo agora, que a festa estava ficando boa?

— Você prometeu.

— Tudo bem, eu prometi. Então, vamos. — Percebi que ele ficou meio contrariado até chegarmos no carro.

Elias ligou o som alto, mesmo que eu preferisse um pouco de silêncio. Não disse nada, quando a sua mão começou a subir e descer, acariciando a minha coxa. Estava com muito sono, e o calor do toque era tão confortável e gostoso que quase cochilei.

— Eu não entendo com você e George podem ser amigos. Vocês são tão diferentes — Não entendi porque falei o que veio à minha cabeça.

Por um segundo, ele desviou os olhos da rua e me encarou, como se não compreendesse o que acabei de falar.

— Nós não somos tão diferentes assim, só parecemos diferentes agora, mas gostamos de coisas bem parecidas — Ele me deu um sorrisinho sacana.

Será que estava falando sobre Letícia? O fato de ambos terem ficado com a mesma garota? É algo que achava bem estranho entre amigos; no entanto, seria melhor não perguntar mais nada, por enquanto.

Cama de gato

Estava consciente que teria apenas poucas horas de sono antes de ir para o trabalho; não podia vacilar. Ao estacionarmos na frente do prédio onde morava, Elias me envolveu nos seus braços e me beijou ardentemente.

Nossa! Como ele beijava bem!

Perdi as forças nos seus braços, sentia-me um tanto entorpecida pelo desejo, o sono e a bebida e, por pouco, eu não o convidei para subir, pois já era tarde; estava bem cansada, precisava estar de pé em poucas horas para mais um longo dia de trabalho árduo. Então, nós teríamos que esperar só mais um pouquinho. Assim, eu o dispensei mais uma vez, para a sua desilusão.

10

Mesmo cansada, demorei a dormir pensando em Elias. Tinha que reconhecer que aqueles beijos quentes me deixaram bem acesa. Não sabia por quanto tempo poderia segurar aquela situação; no entanto, não queria me envolver assim tão rapidamente.

Pareceu que eu havia acabado de fechar os olhos, quando o despertador tocou e, a muito custo, caí para fora da cama. Tomei um banho na vã tentativa de me animar, corri para a empresa, contudo, cheguei em cima da hora; nem tive tempo de comprar o copo jumbo de café que pretendia. Não sabia como conseguiria sobreviver desprovida de cafeína. Foi quando encontrei Elisa, uma das assistentes, no meio do caminho, com um desejável e cheiroso copo de café; devia ter dado um olhar tão desesperado que ela me entregou.

— Tome! Acho que você está precisando mais disso do que eu.

Não pude acreditar, tanto que demorei a segurar o meu objeto de desejo e tirar da sua mão estendida.

— Obrigada! — sussurrei, com a mais pura gratidão, e quase caí de joelhos aos seus pés.

— A noite deve ter sido muito boa — ela comentou em tom divertido, enquanto andávamos em direção ao estúdio, e eu sugava o líquido reconfortante, sabendo que em poucos minutos, impregnaria o meu sangue e ativaria o meu cérebro entorpecido.

— Está tão na cara assim? — Ela sacudiu a cabeça, afirmativamente. — Fui a uma festa.

Paramos de conversar assim que entramos na sala, pois Ícaro estava de muito mau humor, soltando suas farpas sobre todo mundo.

— Hoje vai ser dureza — Elisa comentou, e imediatamente, pensei em como poderia sobreviver àquele dia.

Durante o restante das horas, fiquei tão ocupada que nem percebi que Elias não me mandou nenhuma mensagem, nenhum simples sinal de vida.

Cama de gato

Ao voltar para casa, mal conseguia ficar em pé, assim, eu me encostei na parede do hall, esperando o elevador, de olhos fechados, literalmente, dormindo.

— O dia foi tão ruim assim? — Ao ouvir a voz de George, dei um pulo e arregalei os olhos. — Desculpe, não queria assustá-la — completou, sem jeito.

— Oi, George. Hoje foi realmente uma dureza. Ícaro estava com um tremendo mau humor, mas na verdade, estou cansada porque fui a uma festa com Elias, ontem à noite.

— Pelo visto, Elias não mudou nada, nesses últimos tempos. Não me leve a mal, Elias é um cara legal, mas parou de crescer na adolescência.

O elevador chegou e nós dois entramos.

— Eu perguntei isso a ele: como vocês dois poderiam ser tão amigos se são tão diferentes?

— No passado, não éramos tão diferentes assim. Gostávamos de coisas parecidas, sabe como é? Mas, eu cresci e mudei.

— Ele disse que ainda gostam das mesmas coisas.

— Nem todas, só algumas. Inclusive, conversei sobre isso com Letícia, ontem à noite.

— Você sempre fala com ela?

— Sim, quase todos os dias.

— E falam sobre Elias?

— Sim, de vez em quando, por que não?

— Porque é estranho, sendo ele o ex dela e seu amigo. Eu não me sentiria muito confortável.

— Somos pessoas civilizadas, podemos conversar sobre qualquer assunto sem problemas. Aliás, você não aceitaria jantar hoje lá em casa, Sabrina?

— Desculpe, George, mas estou muito cansada, só quero tomar um banho e cair na cama — disse, de fato, penalizada, pois gostava muito da companhia dele.

Quando entrei em casa, fui direto para o banheiro, tomei um bom banho e dispensei o jantar. Olhei em volta e não encontrei Sabbath, fiquei um tanto decepcionada, já que estava acostumada com a presença daquele gato, apesar de saber que não deveria, pois ele iria embora quando Letícia regressasse. Enfim, perderia Sabbath e a companhia de George, isso me deixou bem triste e não queria pensar nisso. Assim, eu me preparei para dormir, mas antes dei uma última olhada no meu telefone; não havia nenhuma mensagem de Elias. Então, mandei uma mensagem para ele e caí no sono.

Sexta-feira. Teríamos o fim de semana livre, não haveria trabalho extra. O pessoal decidiu sair para comemorar. Estávamos todos animados e até o humor de Ícaro tinha melhorado. Tomei uns drinks antes de voltar para casa, chequei o meu telefone e nada de Elias. Por isso, combinei de sair mais tarde com minhas colegas. Não pretendia ficar trancada no meu apartamento, esperando por aquele homem.

Voltei para casa a fim de me arrumar. Planejava me divertir muito naquela noite e me esquecer de Elias, pois achava que não teríamos futuro. No entanto, para a minha completa surpresa, eu o encontrei parado bem na frente ao meu edifício, encostado no carro, com uma expressão inocente. Ele sorriu ao me ver.

— E aí? — disse e andou em minha direção, me segurou pelos quadris e me beijou, como se tudo estivesse bem. Perplexa, eu o afastei para encará-lo.

— O que está fazendo aqui?

— Eu vim ver a minha garota — Deu de ombros, indiferente. Revirei os olhos e soltei o ar com força.

— Você não respondeu às minhas mensagens e aparece aqui, sem me avisar! — rebati, tentando manter a calma.

— É. Eu resolvi e vim direto, mas nem você nem George estavam em casa. Podemos subir? Já estou aqui há um bom tempo.

Tive vontade de dizer que não, mas concordei. Ele passou o braço na minha cintura e caminhamos para a portaria.

Estávamos sozinhos, no elevador, e ele me estreitou ainda mais e beijou o meu pescoço.

— O que vamos fazer hoje? — ele murmurou junto à minha pele.

— Vou sair com minhas amigas. Você pode ir junto, se quiser.

— Pensei em ficar só nós dois aqui.

— Eu já fiz planos porque você não me deu notícias e não estava a fim de ficar em casa sozinha — disse, querendo manter a minha postura firme. No entanto, Elias pareceu não se importar;

continuou com o braço à minha volta e a sua boca no meu pescoço.

— Mas queria tanto ficar com você — ele sussurrou no meu ouvido enquanto eu abria a porta e entrávamos. — Senti saudades suas.

— Pois não parece – rebati, jogando a bolsa sobre a mesa.

— Você pode não acreditar, mas é verdade, só que sou assim mesmo, um tanto desligado para essas coisas.

— Que coisas?

— Mensagens, recados, sabe como é, não gosto muito disso. Venha cá — Ele me puxou contra o seu corpo. — Acredita em mim, quando digo que senti muito a sua falta?

Não sabia o que pensar, ele tinha aquele olhar quente e não resisti quando me beijou, retribui, com a mesma intensidade.

Que se danem as regras de não me envolver!

— Acho melhor avisar as minhas amigas que não vou — falei, assim que nossas bocas se separaram.

— Depois. Bem, depois — disse com a voz rouca na minha orelha, fiquei toda arrepiada.

11

Meu telefone tocou, insistentemente. Eu afastei a minha boca de Elias.

— Devem ser minhas amigas. Preciso atender — sussurrei junto aos seus lábios, tentando escapar dos seus braços

— Não precisa, não.

— Sim, eu preciso.

Enfim, fugi dos seus braços e quando alcancei o meu telefone, a ligação caiu.

Pensei em retornar, mas Elias tirou o telefone da minha mão.

— Você pode falar com suas amigas depois. — E me puxou contra o seu corpo e me beijou.

Então, eu desisti. A minha resistência caiu por terra.

Que se dane a prudência! Já era bem crescidinha para saber o que queria e eu queria aquele homem. E ele também me desejava, assim, por que não?

Assim deixei-me levar por todas aquelas sensações lascivas, toques quentes, carícias indecentes e beijos sensuais.

Nossa! Ele mandava muito bem! Sabia direitinho o que fazer para me levar à loucura.

Estava totalmente sem folego, o coração em disparada, zonza de prazer, quando caí sobre a cama e Elias despencou ao meu lado. Ficamos por um tempo ali, parados, só respirando, encarando o teto.

— Você não me deixaria fumar na sua cama, não é? — Ele quebrou o silêncio.

— Não, mas pode ir para a janela.

Com a minha permissão, ele se levantou, procurou suas roupas pelo chão e do bolso da calça, tirou um maço e um isqueiro. Foi até a janela e a abriu completamente, deixando o som das ruas invadir o quarto. Elias acendeu o cigarro e deu uma longa tragada com prazer, jogando a fumaça para o lado de fora. Eu me cobri, com receio que os vizinhos me vissem nua. Contudo, meu parceiro não se importava que o enxergasse assim.

— Eu não sabia que você fumava — disse, enquanto o observava seu belo corpo nu debruçado no peitoril da janela.

— Só depois de uma boa transa com uma gostosa como você — comentou com um risinho malicioso.

Minhas amigas!

Eu me lembrei, levantei-me apressada, envolta no lençol, e busquei meu telefone. Constatei que havia um monte de mensagem, por fim, elas desistiram de mim e partiram para a noite. Enviei um recado, avisando que surgiu um contratempo e explicaria depois, com certeza, elas entenderiam ou não?

Voltei para o quarto, Elias me agarrou de jeito, pronto para o segundo tempo. Eu não resisti, gostando da ideia.

Depois de mais uma rodada tão ardente quanto a primeira, estava muito cansada, meus olhos pesavam, quase fechando.

— O que vamos fazer agora? — Elias perguntou da janela, onde fumava mais um cigarro, sem demonstrar um pingo de desânimo.

— Fazer agora? Que tal só dormirmos?

— Dormir? Não, deve ter alguma festa rolando por aí, podemos nos divertir.

— Eu já me divertir o bastante por hoje.

— Não seja estraga-prazeres. Podemos aproveitar a noite.

— Eu já aproveitei a noite o bastante, só quero dormir um pouco — falei, virando-me de lado e me aconchegando no travesseiro.

Ele apagou o cigarro no peitoril da janela e veio na minha direção, de quatro em cima da cama e em cima de mim, de um jeito suave, tal qual um gato.

— Como você foi boazinha, nós podemos ficar aqui hoje, se quiser.

Eu o observei pelos cantos de olhos, desconfiada.

— Como assim, eu fui boazinha?

— Você estava fazendo jogo duro, bancando a difícil, mas até que gostei porque me deixou ainda mais excitado.

— E agora?

— Agora, eu continuo bem excitado com você. — Ele se inclinou para me beijar de novo.

Estávamos no meio da madrugada, deitados na minha cama, mergulhados penumbra e ouvindo os barulhos do mundo lá de fora pela janela aberta. Meus olhos estavam muito pesados, adormeci.

— Como será que George faz? — de repente, Elias perguntou, parecendo bem acordado.

— Faz o quê? — resmunguei sonolenta.

— Você sabe...

— Não sei, não.

— Sexo. Como ele resolve o problema?

— Eu sei lá como!

—Será que ele faz sexo virtual com Leticia?

— Eu não sei, nem é problema nosso — Não disfarcei a minha irritação, no entanto, Elias não se deu conta.

— É, deve ser sexo virtual pelo computador. Vou perguntar para ele. Você já fez sexo assim, Sabrina?

— Sexo virtual? Não.

— Podemos fazer qualquer dia desses, gosto de experiências novas, se bem que eu prefiro ao vivo, mas sempre é bom variar.

Aquilo era uma proposta?

Virei-me de lado e tentei dormir outra vez.

— Depois conversamos sobre isso, Elias.

Parecia que só havia dormido meia hora, quando acordei com algo roçando em mim.

—Sabbath, me deixa eu dormir só mais um pouquinho — pedi, de olhos fechados.

— Não é Sabbath, minha linda — Elias sussurrou no meu ouvido. — Acorde, porque vamos tomar café com George.

— Tomar café com George? — Eu me ergui, apoiando-me nos cotovelos. Agora, ele tinha toda a minha atenção.

— Isso, vamos a algum lugar!

— Por quê?

— Porque eu liguei para ele e falei que iria dormir aqui, então ele nos convidou para tomarmos café da manhã juntos.

— Por que você fez isso?

— Porque nós dois somos amigos e achei uma boa oportunidade para nos encontrarmos. Você vem?

— Sim, eu vou - respondi, mesmo sem concordar com aquela história.

Cama de gato

— Então, levanta-se, porque ele já está nos esperando.

Não podia acreditar naquela história, mesmo assim, arrastei-me para fora da cama, sem muita vontade.

Nós três nos encontramos na portaria para irmos a uma pequena cafeteria ali perto, onde serviam um bom café da manhã.

— Fiquei surpreso quando Elias me ligou, contando que dormiu no seu apartamento — George comentou, de modo casual, enquanto andávamos pela rua.

— Eu também fiquei bem surpresa, quando soube que ele fez isso.

— Só estava sendo espontâneo, afinal, seria uma boa oportunidade para nós três conversarmos.

— Então, as coisas entre vocês dois estão dando certo — George observou.

— Nós estamos nos dando muito bem. — Elias colocou o braço sobre os meus ombros.

Escolhemos uma das mesas vazias e fizemos os nossos pedidos. Considerei que, enfim, poderia ser uma boa ideia, tomar café com George.

— Ontem à noite, eu e Sabrina estávamos considerando se você e Letícia faziam sexo virtual, já que ela está fora há um tempão — Elias disse de um modo displicente. Eu me engasguei com o suco, enquanto, o rosto de George se transformou em uma máscara de espanto.

— Não foi bem assim — rebati com a voz baixa.

— Por que todo esse constrangimento, já que somos adultos e amigos? Inclusive eu e Sabrina pensamos nessa possibilidade, para apimentar a relação, mais tarde, depois que cair na mesmice.

— Eu acho que esse é um assunto muito íntimo e só diz respeito a mim e a Sabrina, quer dizer, a Letícia — George rebateu, constrangido.

— Entendo que não queira falar sobre esse assunto, mas isso quer dizer que sim — Elias concluiu todo animado.

— Vamos mudar de assunto — George pediu, então eu e ele começamos uma conversa superficial.

Lá pelas tantas, Elias se levantou.

— Preciso ir, tenho umas paradas para resolver agora. A gente se fala depois, Sabrina — Ele me deu um beijo e um tapinha no ombro de George.

Eu e George ficamos olhando para as costas de Elias se afastando.

— Ele é sempre assim? — perguntei.

— A maior parte do tempo.

— Ele não deixou a parte dele da conta — reparei.

— Não tem importância, eu resolvo. E como vai o relacionamento de vocês?

— Não sei se posso chamar de relacionamento. Estamos apenas começando. Vamos ver até onde vai dar.

— Tudo dependerá das suas expectativas.

— Juro que não tenho nenhuma. Elias é um cara legal, mas...

— Mas, ele tem aquele jeito de quem não se importa com nada — George conclui.

12

— O que vai fazer agora, Sabrina? — George quis saber, logo após terminarmos o nosso café da manhã e pagarmos a conta.

— Não sei. Não havia pensado em nada.

— Quer vir comigo comprar um presente? Em duas semanas, será aniversário de Letícia e queria lhe enviar um presente especial.

— Muita consideração da sua parte, mas não sei como poderei ajudá-lo, já que não conheci Letícia, nem imagino do que ela gosta.

— Você é mulher, além de trabalhar com moda, sendo assim, deve entender muito mais do que eu.

— Posso tentar, se você me falar mais ou menos do que ela gosta — Eu não tinha certeza se queria saber, afinal ela era a ex do meu atual.

— Eu não sei como descrever Letícia. Ela é linda e inteligente, tem um corpo bonito.

Pare agora mesmo! Não queria ficar ouvindo aquilo!

— Que tal um livro?

— Não, gostaria de algo mais pessoal.

— Uma joia? Mas, poderia se extraviar no caminho. Perfume? Do que ela gosta?

— Não sei. Ela tem um cheiro gostoso — Deu de ombros.

— Certo. Que tipo de roupa ela usa? — perguntei, de modo profissional.

— Roupa? — George refletiu por algum tempo.

Sim, qual era o tipo de roupa que ela tirava quando ficavam juntos ou já se esqueceu? Pensei, enquanto mantinha uma expressão de falsa indiferença.

— Eu não sei — por fim, ele respondeu.

— Quem sabe, um conjunto de lingerie bonito e sexy, com um cartãozinho meio ousado, tipo: "para quando você voltar" ou "pense em mim quando usar".

Pela primeira vez, percebi um brilho malicioso passar pelos olhos de George. O que ele estaria imaginando?

— Lingerie não é muito íntimo?

— Você é o namorado dela. São íntimos o bastante, não são?

— Sim, mas...

— Eu conheço uma loja aqui perto que tem peças ótimas e muito bonitas, quer ir lá?

Talvez, eu também comprasse algo para surpreender Elias.

Assim que chegamos, começamos a vasculhar em volta, percebi que George ficou bem interessado, provavelmente imaginando a namorada usando aquelas peças.

— Então, gostaram de algo? — a vendedora nos abordou.

Olhei para George à espera de sua decisão.

— Aquele conjunto lilás ali — Ele apontou para um dos manequins.

— Você tem bom gosto — A mulher sorriu satisfeita com a provável venda fácil.

Eu avaliei a sua escolha; era bonito, mas, não o escolheria para mim.

— Que tal aquele azul ali — Mostrei outro modelo mais ousado. Ele se aproximou e analisou com o cuidado de um perito, coçou o queixo, ergueu as sobrancelhas.

— Muito ousado — Deu o veredicto.

— Mas é para isso mesmo! Provocar! — insisti, pensando em comprar para mim.

— Acho que Letícia não iria gostar. É melhor o lilás — decidiu.

— Que seja. E qual o tamanho dela?

Ele parou, atordoado, olhou para um lado e para outro, pensando.

— O tamanho dela? — repetiu, sem ter a mínima ideia da resposta.

— Não é para você? — A vendedora me perguntou.

— Não, é um presente para a namorada dele. Ela é maior do que eu? — Tentei ajudá-lo.

Ele encarou os meus seios com extrema atenção, depois olhou para suas mãos, devia estar relembrando.

— Acho que sim.

— Sou 40, então ela deve ser 42 — falei com a vendedora, e ela sumiu para o interior da loja, em busca da lingerie escolhida.

— Será que Elias gostaria dessa aqui? — Mostrei o conjunto azul, um fio dental mínimo, não muito confortável, mas com certeza, bem sexy e caro; ainda estava em dúvida.

— Eu... eu acho que sim — Ele gaguejou, será que estava imaginando eu o usando? Só pela sua cara, fiquei animada em comprar.

Por fim, saímos da loja, cada um com um pacote na mão.

Voltei para casa, satisfeita com a minha compra ousada, pretendia usar naquela noite. Como se chamasse pelo seu nome, meu telefone indicou uma mensagem de Elias.

"Eu pego você às 10. Festa". E só. Dei de ombros, afinal, Elias era assim mesmo, não podia esperar mais do que isso.

E lá estava eu, pronta, às dez horas, porém, nada de Elias.

Às dez e meia, mandei uma mensagem, sem resposta. Onze horas, onze e meia e um monte de mensagens, só havia uma conclusão: Ele havia se esquecido do nosso encontro.

Elias não tinha jeito, não valia a pena investir, era uma tremenda roubada, melhor cair fora antes de ficar mais envolvida.

À meia noite, chegou uma mensagem:

"Estou aqui embaixo. Desce."

Fiquei em dúvida se deveria ir ou simplesmente ignorar. No entanto, já estava arrumada, não queria desperdiçar o resto da minha noite. Então, eu fui. Entrei no carro, brava, mas Elias não parecia perceber, somente me beijou como se não me visse há séculos.

Eu já disse como ele beijava bem?

Pois é, ele era um perigo; minha raiva se esvaiu rapidinho.

— Você está linda — murmurou na minha pele, fiquei arrepiada.

Tudo bem! Vamos aproveitar a noite, depois eu pensaria no amanhã.

Como sempre, Elias me levou a uma festa muito legal, em uma cobertura maravilhosa, cheia de pessoas bonitas, bebidas ótimas e música boa. Ele se sentia bastante à vontade nesse tipo de ambiente, falou com um monte de gente, distribuiu beijos e abraços.

— De quem é essa festa?

— Aniversário de uma amiga.

— Você é muito popular por aqui — falei por cima da música alta; ele me devolveu um sorrisinho vitorioso.

— Sim, eu sou. Quer beber alguma coisa?

Sacudi a cabeça afirmativamente e ele me puxou para o bar, colocou um copo de margarita na minha mão, em seguida, me levou para dançar.

— Eu volto já — logo em seguida, falou sobre a música alta e desapareceu. Senti-me estranha, sozinha, no meio da pista, por longos minutos, até ele voltar bem mais animado, me agarrou pela cintura e começamos a dançar juntos. Mesmo com a música rápida, a sua mão desceu, tateando e encontrou algo interessante. Sem constrangimento, foi para baixo do meu vestido e encontrou a mínima calcinha nova, que comprei naquela tarde. — O que temos aqui? Gostei! — sussurrou no meu ouvido, de um jeito malicioso.

— Pare com isso, Elias! — pedi, tentando tirar a mão dele dali.

— Não se preocupe, ninguém está vendo — Ele não me deu ouvidos e eu o empurrei. — Vem! — Ele segurou a minha mão e me conduziu pelos corredores.

— Para onde estamos indo?

— Eu quero ver agora — Paramos na frente de uma porta e ele testou; ela abriu.

Era um quarto enorme mergulhado na penumbra. Elias entrou sem cerimônias e me puxando para dentro, depois trancou a porta e procurou o interruptor. A luz iluminou um quarto bem decorado, quando ele se voltou para mim. — Tire o vestido!

— O quê? Aqui? — Dou uma risada nervosa.

— A porta está trancada; ninguém pode entrar. Então, tire o vestido e mostre o que tem aí embaixo para mim. — Seu tom era imperioso e sexy.

Nunca havia feito nada parecido antes; olhei nos olhos dele, Elias estava decidido. Comecei achar aquela história divertida e excitante. Por que não? Então, coloquei as minhas mãos para trás e tentei descer o zíper.

— Não consigo — murmurei de um modo provocante.

— Vem, eu faço isso

Cama de gato

Eu me virei de costa e ele abri o vestido bem devagar. Eu o deixei descer suavemente até cair sobre os meus pés e me voltei para ele.

— Gostou? — Abri os braços para ele ver melhor.

Ele coçou o queixo, com ar de interrogação, andando à minha volta, analisando

— Ainda não sei.

— Como não sabe? — fingi indignação.

Ele estendeu a mão e tocou o sutiã com a ponta dos dedos.

— Acho que estou começando a gostar. Talvez, se tirássemos isso, ficaria bem melhor. — Ele abriu o meu sutiã.

13

Era estranho estar em uma cama desconhecida, em um quarto desconhecido, durante uma festa de sei-lá-quem. Estranho e excitante. Podia ouvir o barulho lá fora da música e as vozes das outras pessoas, sabia que a porta estava trancada, mesmo assim fiquei um tanto receosa de alguém entrar e nos flagrar, ao contrário de Elias relaxado, ao meu lado.

Dei um pulo ao ouvir batidas fortes na porta.

— Abram essa porta agora! — Uma mulher enfurecida gritava lá fora.

Fomos descobertos!

Pulei da cama, catei as minhas roupas espalhadas e me vesti apressada. Elias fez o mesmo, porém, bem mais devagar. Em segundos, estava pronta, esperando ele terminar. Por fim, Elias foi em direção a porta, respirei fundo antes de ele abrir e saímos para encontrar um casal parado, no meio do corredor.

A jovem mulher tinha fogo nos olhos, de braços cruzados e mandíbula travada. Já o homem parecia que não estava nem aí, só fazia figuração.

— O que está acontecendo aqui? — A mulher estava visivelmente furiosa.

— Apenas nos divertindo um pouco. — Elias deu de ombros, com um sorriso cínico.

— Você é nojento! Elias, como se atreve a trazer uma vagabunda para transar no meu quarto! Na minha cama!— A mulher vociferou.

Esperei que Elias me defendesse, que dissesse que não era uma vagabunda, mas a garota dele, no entanto, ele não falou nada. Então, eu abri a boca, mas não tive tempo.

— Pronto, Lara. Já estamos indo — Ele segurou a minha mão e me arrastou dali.

No carro de volta para casa, fiquei calada, sentindo-me magoada, olhando fixamente para a rua à minha frente.

Como ele pode deixar aquela mulher me tratar daquele jeito?

— O que foi? Por que essa cara?

Cama de gato

— Aquela mulher me chamou de vagabunda e você não disse nada — falei sem olhar para ele.

— Você está sendo dramática. Eu só queria me divertir um pouco.

— Eu não mereço ser tratada desse jeito.

— Ela é uma recalcada. Estava com inveja porque o marido não lhe dá uns bons pegas desses — respondeu com desdém.

— Mas você poderia dizer que eu sou a sua namorada.

— Sabrina, relaxa. Você é a minha namorada. — Ele alcançou a minha mão e a segurou com firmeza. — Então, porque se preocupar com o que essa gente pensa? Você se divertiu, não foi?

— Não posso negar que eu me diverti. Foi bem excitante — Dei uma risadinha e ele me olhou de um jeito malicioso.

— Essa é a minha garota! Está vendo, valeu muito a pena. E eu adorei aquele seu conjuntinho. É bem *sexy*.

— Eu comprei hoje, logo após o café da manhã. Fui com George a uma loja para comprar um presente para Letícia — revelei, na clara intenção de provocá-lo; queria ver a sua reação. Ele não se alterou.

— Letícia ficará surpresa ao receber um presente como esse, e com certeza, vai saber que não foi George que escolheu.

— Como você pode ter tanta certeza?

— Quem conhece George, sabe que ele não é capaz de algo tão audacioso assim.

— Ele nunca transaria no meio de uma festa, no quarto da anfitriã.

— Certamente, não — Elias afirmou, quando estacionava bem em frente ao meu prédio. O dia já estava raiando, tingindo o céu de purpura e rosa. — A gente se fala.

— A gente se fala — repeti, ao abrir a porta e, no momento que estava saindo, ele me puxou pela mão e me beijou, docemente. Afastou-se com um sorrisinho e o olhar quente. — A noite foi demais.

A noite foi, sem dúvida alguma: Demais. Será que vai ser sempre assim? Demais. Naquele momento, só desejava dormir. Ao chegar no meu quarto, fiquei feliz em encontrar Sabbath dormindo sobre a cama. Sorri ao vê-lo tão tranquilo e confortável. Tirei minhas roupas, vesti minha camisola e me aconcheguei ao lado dele.

— Parece que você teve uma noite mais tranquila do que eu, meu amigo — murmurei para Sabbath, acariciando seus pelos. Deitei-me na cama, fechei os olhos e revivi os acontecimentos anteriores. Tantas emoções misturadas, tantas novidades. Eu não tinha certeza do que o futuro reservava, mas estava determinada a aproveitar cada momento, assim como Elias sugeriu. A noite tinha sido intensa, cheia de surpresas, e agora eu precisava descansar para enfrentar o que viria a seguir. Adormeci com esses pensamentos, esperando acordar com uma nova perspectiva sobre a vida.

Segunda-feira, com aquela preguiça típica, cheguei ao trabalho, Elisa veio com passos duros na minha direção.

— O que aconteceu na sexta? Ficamos esperando você por um tempão!

— Um imprevisto. Coisa de família — menti.

Ícaro passou por nós e deu um bom dia em tom musical.

— Ele deve ter feito as pazes com o namorado. Felizmente, teremos um bom dia hoje — Elisa predisse e foi verdade.

Durante o resto da semana, só me comuniquei com Elias através de rápidas mensagens de texto.

Na quarta-feira, recebi uma mensagem mais animadora:

"Vamos jantar juntos?" Só que não era de Elias, mas de George.

Até entendia, já que ele era um solitário como eu, apesar da sua namorada estar viajando, enquanto eu não tinha a mínima ideia do que o meu fazia nesses últimos dias. Então, aceitei o convite.

— Afinal, o que Elias faz? — questionei a George, enquanto apreciava o delicioso frango que ele preparou.

— Elias faz de tudo um pouco.

— Como o quê?

— Como promover festas, pessoas, eventos, além de ser principal sócio da Fox. Ele conhece muita gente e muita gente o conhece.

— A boate Fox?

— Sim, ele é sócio majoritário da Fox. Você não sabia disso?

Sacudi a cabeça, sentindo-me meio tola.

— Isso explica porque ele vai a tantas festas e conhece tanta gente. É o trabalho dele.

— Bem, não dá para chamar isso de trabalho, porque ele gosta muito desde que éramos garotos. Ele sempre foi assim, sempre agitando. Atualmente, ele está se dedicando mais à boate, fez dela um grande sucesso.

— Ele é bonito, divertido e charmoso, isso chama a atenção. Eu sei bem como é, meu mundo é cheio de gente assim.

— O oposto de mim — George confessou, com um sorriso triste.

— Você é um cara bonito e confiável.

— Isso parece slogan de um... carro. Bonito e confiável. Mas, não sou como Elias.

Eu ri.

— Ninguém é como Elias. Ele é único, o pior é que ele sabe disso — admiti.

Como se adivinhasse, recebi uma mensagem dele.

"Vou passar por aí mais tarde. Você está em casa?"

— É dele? — George perguntou, sem disfarçar a curiosidade.

Assenti e respondi a Elias que estava jantando no apartamento de George. Não tinha porque mentir.

Aguardei uma resposta.

Silêncio.

— Tem falado com Letícia? — Desviei o assunto.

— Sim, quase todos os dias, ela me conta as novidades. Está gostando muito do lugar.

— E onde ela está mesmo?

— Em Sidney, Austrália. Muitos insetos, muita cerveja e pouca água. Deve voltar daqui a uns seis meses.

— Deve ser estranho estar com alguém ao mesmo tempo que não está.

— Eu estou me adaptando bem. Além disso, tenho Sabbath e você.

— A mim? — De certa forma, aquelas palavras me assustaram.

Quando o interfone tocou, George ergueu as sobrancelhas em interrogação, mesmo que os dois imaginassem quem era. E estávamos certos.

— Ainda sobrou comida para mim? —Elias perguntou, assim que entrou.

— Sim, bastante — George foi até a cozinha em busca de um outro prato e talheres.

Elias se inclinou para me beijar. Um beijo quente e demorado. Só nos afastamos ao perceber o retorno de George. O recém-chegado se sentou ao meu lado e começou a se servir, sem cerimônias.

— Essa semana foi um saco! — ele exclamou, com ar aborrecido. Nós dois olhamos em sua direção, esperando por mais, o que não aconteceu. — Você não tem algo mais forte para beber, George? — perguntou, ao reparar os copos com água sobre a mesa,

— Sim, e você sabe onde fica.

Elias se levantou foi até um pequeno armário, abriu e revelou o seu conteúdo: uma bela coleção de bebidas e copos. Ele escolheu uma garrafa de vodca e se serviu de uma dose generosa, em seguida, tomou um longo gole.

Mais tarde, quando saímos do apartamento de George, usamos as escadas, já que eu morava um andar abaixo. Estávamos no meio do caminho, sob a luz de emergência, quando ele me pressionou contra a parede e me beijou.

— Já transou em uma escada, Sabrina? — sussurrou no meu ouvido

— Você está brincando? Aqui? E se alguém passar?

— Essa é a graça: a possibilidade de sermos flagrados.

Fiquei dividida, por um lado essa ideia me instigava, por outro, eu tinha medo. Porém, Elias não me deu tempo para pensar, pressionando-me contra a parede.

14

Não conseguia pensar direito, nada mais me importava. Concentrada nas suas mãos ávidas sobre o meu corpo, por baixo da minha blusa. Fiz o mesmo, sentindo a sua pele quente sobre os músculos firmes, enquanto prestava atenção aos sons à minha volta, atenta a qualquer barulho diferente. Sua boca roubava o meu ar, as suas mãos possessivas, os meus sentidos no limite, o mundo parou a nossa volta. Tudo foi rápido e urgente, não dava para demorar. Foi muito audacioso e excitante. Terminamos bem no instante que ouvimos uma porta bater, então, fechamos nossas roupas, descemos para o meu andar e entramos no apartamento, rindo muito.

— Isso foi demais, gata! Devemos repetir mais vezes.

Ele agarrou o meu quadril e me puxou, com uma expressão maldosa; aquilo me deixou ao mesmo tempo assustada e empolgada. Afinal, o que ele desejava de mim?

— Sobre o que você e George estavam conversando quando cheguei? — ele me perguntou de um jeito sério, olhando bem dentro dos meus olhos.

— Nada em especial, assuntos genéricos? — Dou de ombros

— Sobre mim?

— Também.

— Falavam mal de mim — Ele deu um sorrisinho sarcástico.

— Não!

— Não?

— Não — Sacudi a cabeça. — Só estava curiosa para saber em que, exatamente, você trabalha.

— Por que não me perguntou?

— Sei lá, foi só para ter assunto.

— Ou você não confia em mim?

Revirei os olhos e soltei o ar com força.

— Por que tudo isso? Então, no que você trabalha?

— George já falou para você. O sempre confiável George — disse, com um tom de ironia.

Eu saí dos seus braços, dei um passo para trás e cruzei os braços.

— Por que isso agora? Vocês são amigos.

— Sim, somos muito amigos. Preciso ir agora – ele se esquivou, depois de me beijar —Tenho um trabalho hoje à noite. A gente se fala depois.

— Está bem. A gente se fala — murmurei para as suas costas.

Eu saía do trabalho quando recebi uma mensagem.

"Coloque uma roupa de arrasar que temos uma festa hoje."

Mais uma festa! Respirei fundo. Vamos lá! Revirei os olhos.

Como pediu, eu me vesti para arrasar, caprichei na produção e na maquiagem, sem ter a menor ideia para onde estávamos indo. Usei um vestido preto lindo com detalhes em tecido transparente, que usamos em uma produção e que consegui comprar por um preço superbom, completei com sandálias de salto alto.

Inacreditavelmente, Elias chegou bem no horário combinado, estava usando uma roupa um pouco mais formal do que de costume.

— Você está bonita — disse-me assim que entrei no carro.

— Você também. Que festa é essa que nós vamos, hoje?

— Não é uma festa, na verdade, é um jantar.

— Um jantar?

— Sim, mas não precisa se preocupar, você está muito bem assim.

— Afinal, de quem é esse jantar? De algum amigo?

— Você irá ver quando chegarmos lá. — Ele olhou para mim, com uma expressão dura. Não entendia porque tanto mistério. Elias gostava de me provocar, de me deixar curiosa. Assim, sem escolha tinha que esperar para ver.

Chegamos a um restaurante desses bem chiques, com muitas estrelas e chefe renomado. Ele entregou a chave do carro para o manobrista e, para minha completa surpresa, me deu a mão e entramos juntos.

— Estamos sendo esperados — informou a *hostess*, sem dar tempo da pergunta.

Continuou me guiando para o fundo até uma mesa com quase todos os seus lugares ocupados.

Ele parou, antes que percebessem a nossa presença. Na mão que segurava, senti uma pressão maior nos meus dedos.

Elias estava nervoso?

Foi quando perceberam a nossa chegada; todos os olhos se voltaram para nós. Notei que não era o tipo de gente com quem estava acostumada a ver com ele.

— Elias, finalmente você chegou — o homem mais velho falou, em tom de reprovação.

— Boa noite para vocês. Mãe, pai, esta é Sabrina. Sabrina, meu pai Jonas, minha mãe Raquel. Minha irmã Lara e o marido dela, Felipe, você já conheceu. — Elias nos apresentou de um modo educado e eu engoli em seco.

Mãe? Pai? Era isso mesmo? E a dona do quarto daquela festa era a irmã dele!

— Por favor, sente-se – Raquel nos convidou. Sentamo-nos nos lugares desocupados, bem na frente da irmã dele, que me encarou com ar de desdém, afinal, nós havíamos transado na cama dela.

— Hoje é aniversário do meu pai. Este jantar é uma tradição de família; desde crianças viemos aqui para comemorarmos — Elias me explicou, enquanto olhávamos o cardápio.

Dei meus parabéns ao aniversariante, que os recebeu sem muito entusiasmo.

— Você não quis vir aqui, sozinho? — sussurrei. Elias sorriu, confirmando.

— Podemos pedir? — Jonas indagou, quando o garçom se aproximou.

Todos concordaram. Fizemos a nossa escolha, brindamos o aniversariante, que fez um breve discurso sobre a importância da família na sua vida. Um pequeno bolo com muitas velas chegou pelas mãos de um garçom, cantamos parabéns e uma garrafa de champanhe foi aberta. Mais um novo brinde e, nesse momento, com um gesto desajeitado, Elias derrubou o copo e derramou a bebida no meu lindo vestido. Gemi, desolada, pedi licença e fui ao banheiro tentar me limpar.

Felizmente, o banheiro estava vazio. Podia ficar mais à vontade. Tentava reverter o estrago com toalhas de papel, quando ouvi a porta se abrir e fechar. Ergui a cabeça para ver quem havia chegado e, para o meu espanto, era Elias.

— O que está fazendo aqui? Este é o banheiro feminino!

Ele apenas sorriu e me empurrou para dentro de uma das cabines.

— O que você está fazendo? — falei, quando ele me encurralou de cara contra a divisória.

— Não resisti, você está tão gostosa — sussurrou no meu ouvido, esfregando-se em mim. — Só relaxe e aproveite — disse, abrindo suas calças, levantando meu vestido, afastando minha calcinha e entrando em mim, com uma fúria quase selvagem.

Eu fiquei assustada; apenas desejei que ninguém entrasse ali, principalmente, a mãe ou a irmã dele. Depois, não pensei em mais nada. Ele gemeu no meu ouvido.

Atordoada com o que havia acontecido, o corpo dele ainda me pressionando contra a parede, eu só queria conseguir respirar.

— Sai daqui! — ordenei, irritada, virando-me e o empurrando para longe de mim.

— Tudo bem — Elias levantou as mãos em rendição, fechou as calças e se arrumou rapidamente no espelho.

Eu andei com dificuldade, ainda tonta, apoiei-me na bancada, respirei fundo para me tranquilizar. No espelho, deparei-me com o meu rosto corado e desconcertado, ajeitei o meu vestido e os meus cabelos e saí, querendo parecer o mais natural possível.

De volta à mesa, encontrei os seus familiares conversando, Elias era o mais animado de todos.

— Conseguiu limpar o seu vestido? — Lara me perguntou, com dissimulado interesse. Tive a sensação de que ela desconfiava de algo, balancei a cabeça, afirmativamente, e tomei o meu lugar.

Peguei a minha taça de champanhe esquecida sobre a mesa e dei um longo gole. Pelos cantos dos olhos, observei Elias, que me devolveu um sorriso provocador.

Não estava nada satisfeita com o que havia ocorrido no restaurante, e era evidente, pois mal abri a boca dentro do carro, quando voltávamos para o meu apartamento. O silêncio era desconfortável.

— Por que está com essa cara, Sabrina? — enfim, Elias perguntou em tom casual

— Eu não gostei em nada do que você fez, naquele restaurante hoje.

— Achei que havia gostado pelos barulhos que ouvi. — Ele me deu um olhar malicioso.

— Não foi isso! Você foi atrás de mim no banheiro, durante o jantar de aniversário do seu pai. Por que fez isso?

— Porque tive vontade. — Deu de ombros. — Você precisa abrir seus horizontes, testar seus limites, Sabrina.

— Eu quero abrir meus horizontes, mas não dessa forma — rebati, aborrecida.

— Então, acho que você não vai querer que eu suba, não é? — ele presumiu, assim que estacionou o carro.

— Achou certo. Boa noite, Elias. — Abri a porta e saí sem olhar para trás.

— Boa noite, Sabrina. A gente se fala.— Ouvi às minhas costas.

15

Quando entrei em casa, sentia-me confusa com tudo que aconteceu, dividida em relação a Elias. Mas parei ao me deparar com Sabbath, sobre a mesa da sala, observando atentamente um inseto contra a janela. Esperei para ver a sua reação. Ele ficou imóvel como uma estátua, esperando o melhor momento e, de repente, saltou para dar o bote, quase capturando a sua presa, que voou para longe. Frustrado, o gato olhou a sua caça fugir pela janela. Dei de ombros. Às vezes, por mais que nós nos esforcemos, não dá certo mesmo.

No meu quarto, tirei o vestido e verifiquei melhor o estrago. Não foi tão ruim assim, talvez eu mandasse a conta da lavanderia para Elias. Aquele homem era louco, sem noção, fazendo o que quer, me levando ao extremo. Como pode transar no banheiro do restaurante com a família dele toda ali? Não podia negar que foi perigosamente excitante. Testando os meus limites, até onde ele vai querer chegar? Até onde permitiria?

Na quinta-feira, no começo da tarde, estava no trabalho, quando recebi uma mensagem de George:

"Jantar lá em casa, hoje à noite?"

" Que tal na minha casa, desta vez?" Propus, com coragem.

"Você vai cozinhar? "

" Sim, se quiser se arriscar"

" Sou um homem corajoso. Levo a sobremesa".

Sorri para a tela.

— Mensagem do seu namorado? — Elisa perguntou, ao ver minha cara de boba.

— Não, do meu vizinho.

— Quer dizer que você tem dois homens, Sabrina! — Elisa fez cara de falsa surpresa.

— Não é nada disso – respondi, rindo. — George é apenas meu amigo, como eu contei, só dividimos a guarda de Sabbath.

— Sabbath?

— O gato.

Cama de gato

— E esse seu amigo, ele é gay?

— Não, ele só está solitário. A namorada dele está fazendo um curso no exterior, por isso, gostamos da companhia um do outro.

— E seu namorado sabe disso?

— Claro que sabe, eles são amigos. Foi George que me apresentou Elias.

— Pode ser, mas continuou achando essa estória bem estranha.

Elisa nunca entenderia a minha amizade com George. Além disso, ele era completamente apaixonado por Letícia, não tinha espaço para outra mulher, a não ser por uma simples amizade.

Naquela mesma tarde, pensei em passar em um restaurante e comprar algo para o jantar, mas não seria justo, já que me comprometi cozinhar. Então teria que me arriscar. Passei no supermercado e comprei o necessário; poderia fazer algo básico, como uma massa à bolonhesa. Era só tentar me lembrar como a minha mãe fazia, mesmo que nunca estivesse por perto naqueles momentos. Poderia consultar um site para aprender. Contudo, não foi tão simples como esperava.

Assim que cheguei em casa, levei as sacolas para a cozinha, coloquei uma panela com água no fogo; depois, fui cuidar do molho. Tomates. Picar? Amassar? Passar no liquidificador. E agora, alho e cebola. Odeio picar cebola! Outra panela. Óleo ou azeite? Azeite. Um fio. Seria isso? Como saber se estava quente. Achava que já estava, coloquei o alho e a cebola que chiaram, ficando douradas. A carne!

— Sabbath! — gritei quando vi o gato em cima da mesa, comendo a desprotegida carne moída crua. — Não! — Eu o tirei de lá, esperando que não ficasse doente.

Não tinha outra, teria que ser aquela mesma! A cebola estava queimando. Joguei o resto de carne sobre a cebola um tanto tostada demais, mexi e salpiquei sal e pimenta, deixei dourar um pouco e joguei os tomates batidos.

Será que coloquei sal na água do macarrão? Melhor não arriscar. Botei a massa dentro da água fervente. O molho começou a borbulhar, mexi para não queimar.

Será que o macarrão já estava no ponto? Cuidei para não ficar muito mole. Isso era muito complicado.

Achei que já estava bom.

Recebi uma mensagem:

"Tudo certo para com o jantar? "

"Sim", digitei, observando a bagunça na minha cozinha.

Não queria perder tempo. Escorri o macarrão, achei que ficou mole demais. Coloquei em uma travessa e joguei o molho por cima, e um pouco de queijo ralado. Olhei para a minha obra, em nada parecida com a foto que eu vi no site. Só esperava que estivesse bom. Corri para arrumar a mesa, depois cuidaria da confusão na cozinha.

Acabei de arrumar a mesa bem a tempo, pois a campainha tocou. Coloquei os fios de cabelo no lugar antes de atender. Ao abrir a porta reparei que as mãos de George estavam carregadas.

— Trouxe sorvete e um vinho — disse ao entrar, entregando-me os pacotes.

— Obrigada.

— Correu tudo bem?

— Tudo. Por quê?

— Sua blusa.

Olhei para baixo e deparei com minha blusa toda respingada de molho.

— Vou me trocar. Abra o vinho para nós — propus, antes de sumir pela porta do quarto, esquecendo-me completamente do caos que estava a minha cozinha.

Quando retornei, encontrei George com duas taças na mão. Entregou-me uma.

— Ao seu jantar! — Ergueu a dele em um brinde e eu o acompanhei.

Durante a refeição, percebi que não havia ficado tão ruim; o macarrão estava um pouco sem sal, mas nada que o saleiro não resolvesse, e o vinho estava delicioso. Confessei-lhe a minha peripécia para preparar o jantar, até mesmo a parte que Sabbath comeu um pouco da carne crua. George riu, falando que o gato ficaria bem e deveria ter aproveitado a refeição roubada. Ele me contou alguns dos seus erros na cozinha, e rimos muito. Por fim, falei sobre o jantar com a família de Elias, evidentemente, pulei a parte do sexo no banheiro.

— O pai de Elias é muito rígido e crítico. É difícil agradar ao velho. Por isso, acho que Elias desistiu, há muito tempo, tomou seu próprio rumo e, mesmo se dando bem com a boate, ele considera o filho um fracassado, fala que isso não é trabalho de uma pessoa de bem — George revelou; fiquei chocada. — E como vão vocês dois?

— Eu não sei, relacionar-se com Elias não é muito fácil.

— Imagino pelo que Letícia me contava, quando estavam juntos, como ele era inconstante.

Será que ela contava tudo para ele? Eu preferia que ele não falasse aquele nome, nesse momento.

— Nós não nos falamos desde a noite do jantar de aniversário. Ele ficou meio aborrecido comigo.

— Não se preocupe, qualquer hora ele aparece bem ali, na sua porta, como nada tivesse acontecido.

No fim da noite, George insistiu em me ajudar arrumar a cozinha, mesmo eu dizendo que não precisava. Mais uma vez, lembrei-me do que Elias disse sobre George, que ele seria um parceiro ideal, Letícia era mesmo uma garota de sorte.

E como George previu, na sexta à noite, sem nenhum aviso, Elias apareceu na minha porta.

— Você não tem uma festa ou algo assim? — Não disfarcei a minha irritação ao vê-lo.

Ele ergueu as mãos como estivesse se rendendo.

— Só mais tarde. Posso entrar? — Assenti e saí da frente para lhe dar passagem; ele parou diante de mim. — Eu sei que fui um cretino com você. Por favor, me desculpe.

— Certo. Mas, nunca mais faça algo assim comigo.

— Nunca mais. Vamos esquecer, está bem? Fizemos as pazes?

— Sim — confirmei. Ele me abraçou e me beijou.

— Estou com fome, por acaso, você tem comida aí?

Ri e revirei os olhos.

Ele era mesmo impossível.

— Tenho um pouco de macarrão que sobrou do jantar com... de ontem à noite.

— Para mim, está ótimo.

— Também tenho um pouco de vinho. Você quer? — perguntei, indo para a cozinha esquentar o seu prato.

16

Sentados à mesa, observava enquanto Elias devorava com avidez o prato de macarrão requentado da noite anterior.

— Está bom. Foi você que fez? — quis saber, confirmei com a cabeça. — Tenho uma festa mais tarde, quer vir comigo?

— Não, prefiro ficar em casa, não estou a fim de me arrumar hoje.

— Como quiser — Ele virou o resto da taça de vinho, em um único gole, e a colocou sobre a mesa. — Esse vinho é dos bons.

Não queria falar que foi George que trouxe, então apenas sorri. Ele me puxou para o seu colo. Começamos a nos beijar, e as mãos deles foram para baixo da minha blusa.

— Você nunca se cansa? — indaguei, com dissimulada inocência, mas ele sabia que eu estava gostando muito daquilo.

— Não, eu gosto de sexo, principalmente com você — sussurrou na minha boca, isso me deixava ainda mais acesa.

Aquele homem sabia como provocar uma mulher!

Logo depois, estávamos no meu quarto, entre carícias indecentes e beijos enlouquecidos. Por um segundo, eu me libertei, fui até a janela e fechei as cortinas, mas Elias as abriu novamente.

— Deixe-as abertas.

— Não, você enlouqueceu? Os vizinhos da frente poderão nos ver na cama.

— E o que que tem?

— Não!

— Vamos fazer o seguinte: a gente apaga as luzes, ficamos no escuro. Eles não poderão ver o que estamos fazendo, mas teremos a sensação, que podemos estar sendo observados. Você nunca fantasiou em ser vista fazendo sexo?

— Não... sim, mas era só uma fantasia.

— Então, será uma fantasia só que real. Ninguém poderá nos ver aqui, no escuro.

Olhei para ele, depois para a janela e, novamente, para ele. Queria me convencer que estava escuro o suficiente para ninguém nos ver. Estranhamente, aquela ideia me deixou mais excitada, fazer sexo na frente de todos, mas sem ser vista.

Será que alguém perceberia o que estava acontecendo ali? Ficaria tentando imaginar?

Elias percebeu minha indecisão, mas não me deu mais tempo para eu pensar, quando me abraçou e, lentamente, tirou as minhas roupas e me levou para cama. Enquanto transávamos, imaginei ser observada por um voyeur, alguém parado em uma das janelas do edifício em frente, atrás de uma cortina. O que me deixava mais exibida; eu era uma outra mulher. Uma mulher misteriosa e sexy que preencheria as noites solitárias de um pobre homem.

— Da próxima vez, faremos com as luzes acesas — Elias falou depois, quando deitados lado a lado, esperando a respiração voltar ao ritmo normal. Um arrepio percorrer minha espinha, em um misto de receio e excitação, ao pensar nessa possiblidade.

Será que teria coragem?

— Você é totalmente louco! — falei, sorrindo

— Eu sei! — Ele me deu um sorriso travesso e levantou-se, procurou pela sua camisa e tirou do bolso um maço e isqueiro; foi até a janela e acendeu o cigarro.

Eu saí da cama, enrolada no lençol, fiquei ao lado dele. Olhei para o mundo à minha frente, observei as janelas, umas iluminadas e outras às escuras; em seguida voltei-me para o meu quarto mergulhado na penumbra.

— Não se preocupe. Ninguém nos viu — Ele parecia ter certeza.

— Não estou preocupada — *Não, agora.* — Você falou sério sobre fazermos sexo com as luzes acesas?

— Sim, eu falei, mas só quando você estiver um pouco mais segura.

— Segura? Não acho que seja essa a palavra certa.

— Você não entende que podemos descobrir o prazer de muitas maneiras diferentes, se não tivermos preconceitos.

— Isso está me soando como uma frase de filme de romance sadomasoquista.

Ele riu de um jeito safado.

— Sadomasoquismo? Podemos experimentar, se quiser.

— Não, obrigada. Estou fora.

Cama de gato

— Você é quem sabe. Talvez até gostasse — Ele deu de ombros e apagou o cigarro no peitoril da janela. *Precisava me lembrar de comprar um cinzeiro.* — Já estou indo, tenho aquela festa hoje, lá na boate. Tem certeza de que você não quer vir comigo?

— Hoje não.

Ele começou a se vestir, eu o observei, pensativa. Afinal que tipo de sentimentos tinha por Elias? Sem dúvidas, ele era bonito, interessante, sexy e gostoso, mas, ao mesmo tempo, me deixava confusa e insegura, sempre me provocando. Então, ele foi embora, e eu fiquei sozinha, com as minhas dúvidas.

No sábado à noite, havia aquela eletricidade no ar; todos queriam se divertir, se dar bem. Esse era o clima quando entramos na Fox. Mesmo antes da meia-noite, o lugar estava lotado, havia sedução no ar, olhares provocantes, corpos se movimentando sensualmente, copos nas mãos, música na cabeça. A noite estava repleta de promessas.

Vamos a um reservado, pouco iluminado, com um longo sofá de couro falso preto e uma mesa baixa repleta de copos e garrafas de bebidas abertas. Lá, encontravam-se algumas pessoas famosas: um jogador de futebol no fim de carreira, uma jovem atriz em ascensão, um cantor country com seu velado namorado, além dos seus asseclas. Como sempre, Elias foi simpático, falava com todo mundo, apertava mãos, dava tapinhas nas costas e beijinhos no rosto, distribuindo charme e elogios. Ele me apresentou por alto, sem entrar detalhes, e finalmente nos sentamos no sofá.

Logo em seguida, uma loura de pernas compridas e vestido tão curto que quase deixava ver qual era o seu tipo de depilação, sentou-se junto a nós, tão próxima que suas coxas nuas grudavam na do meu namorado. Aquilo me irritou bastante. Então, alguém colocou um copo de margarita na minha mão; tomei um longo gole, sem desviar os olhos da mulher, que arrastava o peito no braço de Elias.

— O que ela pensa que está fazendo? — sussurrei no ouvido dele, sem disfarçar a minha raiva.

— Oferecendo-se para mim — ele respondeu de modo casual, em voz baixa.

— Então, corte a dela!

— Se você quiser, nós três podemos nos divertir juntos, mais tarde. — Ele me deu um olhar malicioso.

— De jeito nenhum! Não divido o que é meu com ninguém.

— Então, eu sou seu. Gostei disso! — Ele ficou, realmente, satisfeito com as minhas palavras, e trocou de lugar comigo, para desilusão da moça, que se levantou e foi embora, amuada.

Nesse momento, a grande surpresa da noite aconteceu, pois diante de nós, meu vizinho surgiu.

— George, não sabia que viria! — Levantei-me em um pulo para cumprimentá-lo.

— Elias me convidou – respondeu e beijou o meu rosto, depois, estendeu a mão para o outro homem.

— Que bom que veio, cara! — Elias aceitou o cumprimento. — Antes de George virar um homem sério, nós dois arrasávamos por aí pelas noites. Éramos dois caras muito maus — disse, colocando um copo de uísque na mão do amigo.

— Você quer dizer antes de eu me tornar um chato — George brincou, tomando um gole.

— Não consigo imaginar George desse jeito — rebati.

— Sim, mas ele era um tremendo canalha, arrasando os corações das meninas, zoando a noite toda. Se não acredita, peça para ver as tatuagens dele, qualquer dia. São demais! — Elias completou, pressenti uma pitada de sarcasmo.

— Tatuagens? Você tem tatuagens, George? — Fiquei pasma.

— Não exagere, Elias. Não era bem assim — George se defendeu, um tanto sem graça.

— Agora, deixarei sir Lancelot com a minha bela Guinevere, enquanto vou dar uma circulada pelo meu reino e ver como estão as coisas — Elias gracejou e saiu, distribuindo sorrisos.

— Será que ele não sabe que Lancelot e Guinevere se tornaram amantes e traíram o rei Artur? — perguntei a George, enquanto observávamos Elias se afastar.

— Tenho certeza de que ele sabe disso. E já que estamos aqui, que tal dançarmos?

Cama de gato

Fomos para a pista, nos misturamos as pessoas animadas se movimentando ao ritmo da música.

— Você está bonito hoje. E dança muito bem. — disse, com sinceridade, por cima da música alta.

— Surpresa?

Não tive coragem de confessar que sim.

17

A noite já deu o que tinha que dar, meus pés doíam, castigados dentro daquelas lindas sandálias altas. Mal vi Elias, que aparecia por alguns instantes e, logo depois, desaparecia. Percebi que George estava agitado, olhando para os lados; imaginei que ele desejava ir embora, mas não queria me deixar sozinha ali.

— Você quer ir agora? Pois, eu vou com você — decidi.

Notei a sombra da dúvida passar pelos seus olhos, mas, por fim, ele concordou. Levamos um bom tempo procurando por Elias. Enfim, o encontramos no meio de um grupo, animado, e comunicamos nossa decisão. Ele não se abalou.

— Leve a minha garota para casa, direitinho, George — brincou, depois me beijou.

Deixamos Elias para trás quando, de esgueira, reparei na loura de vestido curto. Ela também me viu, um sorriso malicioso surgiu em seu rosto e não gostei nadinha daquilo. Quem sabe, ela achava que teria a sua chance agora.

A madrugada já ia longe e, contrastando com a calma do resto do mundo, havia uma grande movimentação na frente da boate. A maioria das pessoas partia.

— Elias ainda tem muito trabalho antes da noite terminar — George comentou, como para me consolar, enquanto esperávamos pelo nosso carro chegar.

— Pelo menos, você está aqui comigo.

— Sim, pelo menos, eu estou.

O carro chegou e embarcamos na nossa viagem de volta para casa. Ficamos lado a lado em silêncio. Com o balanço suave do veículo, as minhas pálpebras pesaram...

— Sabrina, acorde. Chegamos — A voz tranquila de George me despertou. Eu estava com a minha cabeça apoiada no ombro dele.

— Chegamos onde? — perguntei, confusa, despertando de um sono profundo.

— No nosso prédio.

Eu me arrastei pela porta da frente, pelo vestíbulo, pelo elevador.

Cama de gato

— Onde você acha que Sabbath está dormindo agora? — ele perguntou.

— Claro que na minha cama! — respondi, convencida.

— Duvido.

— Vamos fazer uma aposta. — George me deu um sorriso torto, de um jeito moleque. — Ele decidirá quem fará o próximo jantar.

— Feito. Está apostado. Eu fiquei curiosa — Ele ergueu as sobrancelhas, me interrogando com o olhar. — Com as suas tatuagens.

— Ah, isso! — George me deu um sorriso torto.

— Talvez, algum dia, possamos brincar de você mostra a sua que eu mostro a minha – completei, em tom de brincadeira.

— Talvez... — ele sussurrou.

Então, nossos olhos se encontraram, nós nos encaramos por mais tempo do que deveríamos. Naquele instante, senti um friozinho na barriga, uma vontade de beijá-lo.

Qual seria a sua reação?

Eu não aguentava mais, sacudi a cabeça, abaixei os olhos e encarei os meus dedos dos pés, pois sabia se fizéssemos isso, perderíamos tudo o que tínhamos, e sequer conseguia pensar nessa possibilidade. Não suportaria perder a amizade de George. Felizmente, o elevador parou no meu andar.

— Obrigada pela companhia. Bom dia, George — falei, antes de sair.

— Bom dia, Sabrina — ele respondeu, e as portas se fecharam.

Entrei no meu apartamento, atordoada, sem entender o que estava acontecendo comigo. Eu estava com Elias. George gostava de Letícia, que, por sua vez, já havia sido namorada de Elias e estava longe, muito longe. George e Elias eram bons amigos. Eu e George éramos...amigos. Isso parecia muito confuso. Eu me sentia muito confusa. Devia ser o sono. Isso! Havia sido só aquela sensação de fim de noite, misturado com a bebida e o sono. Amanhã, quer dizer, hoje, iria ficar tudo bem. Vou me esquecer daquela queimação no peito, daquela vontade de beijar George no elevador. De tão distraída, mal percebi que cheguei ao meu quarto e fiquei feliz ao encontrar Sabbath dormindo sobre a minha cama. Ganhei a aposta. No entanto, senti um aperto do peito quando pensei que assim como George, o gato também pertencia a Letícia e, um dia, eu os perderia.

Durante o resto da semana, não me encontrei com Elias nem com George, até quarta-feira, quando, como de costume, meu amável vizinho me convidou para jantar no seu apartamento. Por um breve instante, pensei em recusar, mas aceitei, achando que estava exagerando; afinal, nada havia acontecido.

Para a minha felicidade, finalizamos mais um trabalho e tudo correu muito bem. Sendo assim, poderia chegar cedo em casa e me aprontar para o jantar. Quem sabe até comprar uma sobremesa. George havia comentado que gostava de torta de limão, e eu conhecia um lugar que vendia uma ótima; poderia dar uma passadinha por lá. Foi no exato momento em que eu comprava a torta, que recebi uma mensagem de Elias, perguntando onde eu estava e me convidando para sair. Era sempre assim: ele ficava um tempão sem dar notícias, depois vinha com um convite repentino. Mas não tinha por que menti, mandei uma resposta verdadeira, que havia combinado de jantar na casa de George. Daí para frente, só silêncio. Ele devia ter ficado zangado; então, dei de ombros, afinal, o que eu poderia fazer?

Naquela noite, ao chegar à casa de George, estava toda orgulhosa com a embalagem da torta de limão na mão. Ele abriu a porta, me convidou para entrar e voltou para a cozinha. Eu o segui, oferecendo ajuda, que ele recusou, dizendo que já estava tudo resolvido, e perguntando se eu gostava de salmão. Respondi que sim, e daí seguiu-se uma das nossas conversas, quando falávamos sobre os nossos trabalhos e assuntos em geral. Nesse momento, o interfone tocou. Ao atender, George fez uma cara de surpresa e respondeu que sim.

— É Elias — ele me avisou para evitar incômodos, indo em direção à porta.

Elias entrou, com o seu jeito descontraído de sempre, apertou a mão de George e me deu um beijo, sem dar mais explicações por sua presença ali, mesmo que nós três soubéssemos o motivo.

Cama de gato

— Você não deu mais notícias — em voz baixa, afirmei, quando George desapareceu pela porta da cozinha, Elias me deu um sorriso cínico.

— Andei ocupado, assim como você.

— Elias, se quisermos que isso dê certo, precisaremos conversar, se abri um com outro.

— Por quê? Já está dando certo. Estamos bem, juntos.

— Mas, eu queria saber mais sobre você. Fazer parte da sua vida e que você fizesse parte da minha, não só em festas e no sexo.

— Sabrina, essa é minha vida.

Parei de falar, porque George voltou, com a travessa de peixe nas mãos; e eu corri para ajudá-lo, enquanto Elias se sentou relaxado no sofá, bem ao lado de Sabbath.

O resto da noite foi bizarra, com palavras cuidadosamente escolhidas. Eu não conseguia relaxar, pois, por estranho que parecesse, eu sentia como se estivesse fazendo algo de errado. E podia ser impressão, mas achava que George estava agindo da mesma maneira, só Elias agia como se nada estivesse acontecendo, com a maior naturalidade. Será que ele era tão distraído assim?

Dei graças quando, finalmente, nos despedimos e descemos pelas escadas. Mais uma vez, Elias me encurralou contra a parede e me beijou. Tentei me desvencilhar primeiro com delicadeza, porém, ele não desistiu e eu o empurrei com força, tanto que quase nos desequilibramos e caímos escada abaixo.

— Não!

—Ei! O que foi?

— O que foi? E já disse para você.

Desci as escadas depressa; ele me seguiu até o meu apartamento.

Tranquei a porta e me voltei para ele, que parecia confuso com a minha atitude; seu olhar me interrogava.

— Você não entende, não é, Elias? Não dá para ser assim, você entrando e saindo da minha vida desse modo. Em uma noite está tudo bem, depois, você some sem dar notícias e reaparece, como se nada tivesse acontecido, e quer me agarrar na escada.

— É por isso que está tão brava?

— Não é por menos. Você não percebe como eu me sinto?

Pela sua expressão, ele não percebia ou fingia muito bem.

— Desculpa, mas eu não sabia que você se sentia desse jeito. Essa coisa de ficar sério com alguém é difícil para mim. Afinal, o que você quer?

— Quero saber que você se importa.

— Como? Enviando algumas mensagens?

— Também.

— Eu não sou bom nessa coisa de demonstrar afeto. Mas, posso tentar, o que você deseja?

— Passe a noite aqui comigo, já será um bom começo.

Ele relaxou e deu um sorriso travesso.

— Acho que isso eu posso fazer.

18

Nem acreditei quando meu despertador tocou. Eu havia dormido muito pouco, depois de passar boa parte da noite fazendo as pazes com Elias, que dormia pesado ao meu lado, e nem se mexeu com aquele som irritante. Tal qual um zumbi, me arrastei para fora da cama, indo direto para o banheiro. Mesmo cansada, estava feliz pela conversa da noite anterior. Quem sabe, assim a situação entre nós dois ficasse mais clara. Até entendia porque ele era daquele jeito, relembrando da atitude do seu pai e pelo que George comentou, como era difícil agradar o velho. Mas não era desculpa para me tratar daquele jeito. Liguei o chuveiro e enquanto esperava a água esquentar, imaginava como teria sido o relacionamento entre Elias e Letícia. Não devia ter sido bom, já que ela o trocou pelo seu melhor amigo. Além de ser estranho o modo como Elias parecia encarar essa situação tão bem.

Antes de sair, olhei-o por algum tempo. Como ele era bonito! Até suas tatuagens combinavam, aquelas figuras sinistras desenhadas nas suas costas. Eu me inclinei para beijá-lo com delicadeza, e ele abriu os olhos.

— Aonde você vai? — indagou, sonolento. Eu ri da pergunta.

— Trabalhar.

Elias me puxou para a cama e me prendeu.

— Não vá! Fique aqui comigo!

— Não posso, preciso ir — Tentei escapar; contudo, ele me estreitou ainda mais.

— Fique! Diga que está doente,

— Eu não posso. — Escorreguei da minha armadilha e fiquei de pé. — Preciso ir. Bata a porta quando sair. Tchau!

Vou embora depressa; não quero me arriscar em ser pega de novo. Saí de casa, acreditando que tudo ficaria bem.

Ao chegar na empresa, vou direto para a sala de Ícaro, que já estava ocupado separando as peças do novo trabalho, avaliando as que seriam usadas ou não e se precisaríamos de algo a mais. Era quando eu entrava em cena para ir à caça das que faltavam.

— Bom dia. Acordou cedo — eu o cumprimentei, em tom alegre.

— Bom dia, não consegui dormir direito — Ícaro confessou, me observando. — E pelo visto, você também não dormiu muito bem. Espero que seja por motivos diferentes dos meus.

— Você está certo, não sei quais foram os seus motivos, mas fiquei acordada boa parte da noite, fazendo as pazes com o meu namorado — Eu lhe dou um sorriso travesso.

— Essa é a melhor parte da briga, fazer as pazes na cama. No entanto, o meu motivo foi o oposto do seu.

— Você brigou com Fabio?

— Sim, nós terminamos — ele informou de maneira dissimuladamente casual, mas percebi o tom de amargura em sua voz.

— Eu lamento tanto. Vocês estavam juntos há muito tempo. Tem certeza de que não tem volta?

— Não dessa vez. Acho que acabou de verdade. Queremos coisas diferentes. Eu quero estabilidade e um relacionamento exclusivo, mas Fabio quer continuar se divertir e sair com quem quiser. Sabe, Sabrina, um bom relacionamento tem que ser construído no dia a dia. De vez em quando, uma parte desmorona, e temos que refazer, mas se o outro não está na mesma sincronia, não dá certo.

— Quem sabe, você encontre alguém que queira o mesmo.

— Eu não me iludo, Sabrina. Será quase como ganhar na loteria. Mas, a vida continua, e nós temos muito trabalho pela frente — concluiu e voltou aos seus afazeres.

Como ganhar na loteria? Era isso mesmo, achar uma pessoa que queira o mesmo tipo de relacionamento que você? Será que seria tão difícil assim? Ou apenas uma fantasia, acreditar nessa história de par perfeito, alma gêmea? Talvez, não desse para exigir mais de Elias do que me dava, pois ele era assim mesmo, no entanto, poderíamos tentar e ver até onde iríamos.

Naquele começo de noite, ao voltar para casa, encontrei os derradeiros sinais da passagem dele por lá: a cama desarrumada, louça dentro da pia e o travesseiro com o seu cheiro.

Cama de gato

A grande surpresa aconteceu depois de algumas horas, eu pronta para dormir, quando o interfone tocou. Era Elias.
Ao abrir a porta, eu o encontrei com a cara mais inocente do mundo, diante do meu espanto

— Espero que esteja com fome, porque eu trouxe o jantar — disse e mostrou as sacolas de papel pardo em suas mãos, assim que dei passagem para ele entrar. — Posso não saber cozinhar como o George, mas posso comprar a comida.

Eu não tinha argumentos para isso, assim, segurei o seu rosto entre as minhas mãos e lhe dei um longo beijo. Em seguida, sorridente, arrumei a mesa para jantarmos juntos.

— Eu estive pensando sobre o que você me disse, a respeito de querer que dê certo para nós dois. Eu também quero ter uma relação de total confiança — Elias confessou, e eu me admirei com a sua sinceridade. Fiquei tão feliz, que dei um pulo da cadeira direto para o seu colo e grudei a minha boca na sua.

— Eu estou tão contente, que nem sei o que dizer, não acreditava que você me entendesse — confessei, olhando nos seus olhos.

— Você não precisa falar mais nada. Foi bom surpreendê-la desse modo. Ver essa sua cara de felicidade por tão pouco.

— Não é pouco para mim.

E eu o beijei mais uma vez, e mais uma, então as coisas começaram a esquentar e o jantar esquecido esfriava, até ele me afastar com delicadeza.

— Quero provar que eu confio totalmente em você — ele sussurrou no meu ouvido.

— Como?

Ele sorriu e tirou do bolso da calça duas faixas de seda preta.

— Quero que você me amarre e me vende com isso, e eu ficarei totalmente à sua mercê.

— Não precisa. — Eu ri da ideia, mas sua expressão mostrava que ele estava falando sério. — Jura que você quer isso mesmo?

Ele sacudiu a cabeça.

— Sim, será minha prova de confiança.

— Eu nunca fiz nada parecido antes.

— Não se preocupe, use a imaginação. — Elias se levantou e começou a tirar a roupa. — Estarei totalmente exposto para você.

E eu estava totalmente atordoada com essa proposta, mas se era isso que ele queria, poderia fazer a minha parte.

Peguei uma das faixas e cobri os olhos dele.

— Você pode ver algo? — perguntei, acenando minha mão na frente do seu rosto.

— Não — sacudiu a cabeça.

— Sente-se aqui — Eu o guiei até a cadeira. — Coloque o braço para trás. — Ele fez, e eu o amarrei assim.

— Você está se saindo uma criminosa e tanto.

— E agora, o que farei?

— O que quiser. Eu sou seu.

Aquelas palavras e vê-lo assim, tão indefeso na minha frente, fizeram um arrepio de excitação percorrer a minha espinha. Olhei em volta, procurando uma inspiração. Vi os copos com gelo; seria um bom começo, com muito cuidado para não fazer nenhum barulho, peguei uma pedra e testei passando pelo peito dele, que gemeu com a surpresa. Eu gostei daquele som, então passei o gelo por todo o corpo dele, sem nenhuma exceção, enquanto ele emitia sons de prazer e de desconforto. Então, lembrei-me de algo que vi em um filme. Fui até a cozinha e peguei uma vela. Eu acendi com o próprio isqueiro dele. Mesmo receosa, deixei a cera escorrer sobre o seu ombro. Ele gemeu de dor e surpresa; eu recuei.

— Por favor, não pare — ele pediu, assim deixei mais algumas gotas caírem sobre o peito, barriga e coxas deles. Nunca imaginaria como aquilo me trouxesse um estranho prazer.

Assustei-me ao ver a sua pele avermelhada. Peguei um copo d'água e derramei aos poucos sobre a pele marcada. Percebi que ele estava ficando excitado com a brincadeira, e eu também, ao ver aquele homem sob o meu domínio. Por fim, olhei em volta imaginando o que poderia fazer. Quando eu vi as suas roupas largadas no chão, assim, tirei o cinto da calça e acariciei seu rosto e seu pescoço com a tira de couro.

— Está gostando, Elias? — sussurrei, sem disfarçar a minha satisfação.

— Sim — Eu bati bem de leve na lateral da sua coxa. — Mais forte! — pediu, e eu aumentei um pouco a intensidade, tanto que ele soltou pequeno gemido. Recuei. — Mais forte! — ele ordenou, com ênfase.

Eu me assustei com o som do estalar e com seu gemido de dor.

— Continue! — exigiu, e eu fiz de novo. — Não pare!

— Não! — hesitei.

— Continue! — gritou, então, eu bati nele outra vez.

— Agora, chega! — Parei, porque eu estava gostando. Por isso, larguei o cinto e libertei Elias, imaginando se ficaria aborrecido comigo.

— Você foi muito bem para a primeira vez. Agora, acredita como eu confio em você?

19

Foi tudo uma loucura, aquela sessão inesperada de sadomasoquismo bem ali, no meio da minha sala, algo que nunca imaginei em fazer e, principalmente, que iria gostar. Aquele homem desejava testar os meus limites, só não sabia até que ponto eu me permitiria ir.

No dia seguinte, no trabalho, a noite anterior não saía da minha cabeça. Relembrava cada momento, as expressões de prazer e dor no rosto dele, aquela entrega incondicional. Por isso estava louca para reencontrar Elias mais tarde.

— Sabrina! — Voltei à realidade quando escutei Elisa me chamar. — O que está havendo com você? Eu já te chamei três vezes e você não me ouviu!

— Desculpa, eu estou meio distraída hoje.

O dia passou e nada, nenhuma mensagem de Elias. Deveria deixar de ser tão ansiosa; precisava esperar para não parecer que estava pegando no pé dele. Só quando eu retornava para casa que ele me enviou uma mensagem, avisando que teria um compromisso de trabalho e que não me encontraria naquela noite. Mesmo decepcionada, banquei a superior, respondendo que estava tudo bem, que compreendia. Assim, cheguei em casa, um tanto chateada, mas o que poderia fazer?

Mal havia passado pela porta quando George me enviou uma mensagem, perguntando se Sabbath estava na minha casa. Então, dei uma olhada por alto e nada; depois procurei em cada canto. Afinal, meu apartamento não era tão grande assim, mas nenhum sinal do gato. Respondi que não.

"Eu não o acho em lugar nenhum", meu vizinho declarou.

Aquilo me deixou angustiada, por isso fui direto para o apartamento de George, que abriu a porta com ar preocupado.

— Você tem certeza de que ele não está aí, escondido em algum canto? — perguntei, de imediato.

— Não, já procurei em todos os lugares. Será que ele fugiu? Entrou em outro apartamento?

— Será? — Fiquei nervosa, sem imaginar onde estaria aquele gato. Nem queria pensar na hipótese de perdê-lo, pelo menos, não agora. — Vamos procurá-lo por aqui, outra vez, e, depois, lá em casa.

George concordou. Assim, começamos a constrangedora tarefa de invadir a sua intimidade. Procurei na cozinha e banheiro, enquanto ele revia o quarto e olhava os armários.

— Nada! — exclamei, desanimada, depois de vasculharmos tudo.

— Podemos olhar na sua casa agora? — ele propôs.

Aceitei, um tanto tímida, já que não sou tão organizada quanto ele.

Começamos a nossa saga, buscando em cada cantinho do meu apartamento.

— Você não precisa se arrumar, não vai sair com Elias hoje? — perguntou, enquanto procurávamos pela sala.

— Hoje, Elias tem um compromisso de trabalho — respondi, quando George encontrou as duas faixas de seda que usamos na noite passada esquecidas sobre o sofá, e pela sua expressão, parecia saber exatamente para que elas serviam. Apressada, retirei da sua mão e coloquei no bolso.

— É de um vestido. Não me lembrava onde havia colocado — menti, mas pressenti que ele não acreditou.

Estávamos quase desistindo após explorar o último lugar do meu apartamento, a área de serviço, quando notei um sutil movimento no cesto de roupas sujas. Corri para lá e abri a tampa; estava cheio até a borda.

Precisava lavar minhas roupas.

De primeira, não achei nada; mesmo assim eu não desisti. Tirei um vestido, uma blusa e mais uma calça, e lá estava Sabbath, dormindo confortavelmente, entre as minhas roupas sujas. Eu o peguei no colo e o abracei.

— Achei! — gritei para George, que correu em nossa direção.

Só que o gato não gostou em nada de ser despertado dessa maneira tão rude, reclamou, querendo fugir. Eu o coloquei no chão e ele caminhou calmamente para a sala, e se aconchegou no sofá.

Respiramos aliviados.

— Precisamos comemorar! — ele sugeriu.

— Eu não tenho nada aqui em casa.

— Podemos ir lá até o meu apartamento.

Por que não? Afinal, tinha a noite livre.

No seu apartamento, George abriu um pequeno armário cheio de garrafas e copos variados.

— O que quer beber?

Eu me aproximei para olhar melhor.

— Você tem uma variedade e tanto aqui.

— Também tenho cerveja e vinho na geladeira.

— Pode ser tequila.

Ele me serviu uma dose.

— E eu, uísque, vou pegar gelo.

Ele sumiu pela porta, sentei-me no sofá, tomei um pequeno gole, me perguntando o que estava fazendo ali, no apartamento de outro homem, bebendo, enquanto meu namorado estava trabalhando.

Mas, qual o problema?

Afinal, eu e George éramos amigos. Ele esperava pela volta da namorada, assim como eu; só estávamos fazendo companhia um ao outro, melhor do que ficar em casa sozinha.

Ele voltou com um copo cheio de gelo na mão e se serviu de uma boa dose de uísque, sentou-se na poltrona ao meu lado.

George sempre me surpreendeu, eu achava que ele era certinho, então...

Fiquei imaginando como seria e onde ficava a tatuagem dele. Teria mais de uma? Ele se voltou para mim; devia ter feito uma expressão engraçada, porque me perguntou:

— O que está pensando?

— Eu estou pensando, como um cara igual a você está fazendo sexta à noite, em casa.

— Podia dizer o mesmo de você.

— Eu tenho uma desculpa. Elias.

— Eu também. Letícia.

— Ela não ficaria com ciúmes se soubesse que você está no seu apartamento, sozinho, com outra mulher?

— Não sei, não pretendo contar para ela.

— Por quê?

— Porque teria de dar muitas explicações desnecessárias, seria uma perda de tempo. E você, Elias não ficaria com ciúmes?

— Eu não sei, me responda você, já que se conhecem há muito mais tempo — provoquei.

— Sim, ele ficaria com muito ciúmes. Mesmo que fingisse que não, principalmente depois do que houve com Letícia.

— É muito bizarra essa história, pois ela o trocou por você e, mesmo assim, continuaram a ser amigos.

— Na verdade, eles já haviam terminado. E minha amizade com Elias é muito forte, apesar de não ser igual ao que era antes. Éramos como irmãos.

— Talvez, ele não gostasse tanto assim dela.

— Sim, Elias gostava muito de Letícia, só que da forma errada.

— Há uma forma certa ou errada de gostar?

— O que você acha?

— Acho que essa conversa está ficando muito estranha, falar do meu namorado e da ex-namorada dele e da relação entre os dois.

— Sim, eu sei. Mas, posso lhe dar um conselho, Sabrina? — Sacudi a cabeça afirmativamente. — Elias é meu amigo, mas às vezes, desconhece os limites, por isso cuidado com o que ele lhe pedir.

— Como assim?

— No momento certo, você saberá do que estou falando.

No meu bolso, o telefone vibrou, uma mensagem de Elias querendo saber onde estou.

"Em casa, morrendo de saudades", minto. George tem razão. Por que perder tempo com explicações desnecessárias.

— Gostaria de assistir um filme? Posso fazer pipoca — George perguntou, assim que eu terminei de digitar.

O que que há de mal em assistir um simples filme?

20

Acordei no meio da madrugada, sem entender o que estava acontecendo, quando escutei um barulho insistente que demorei a reconhecer. O interfone! Dei um pulo da cama, acendi a luz e corri para atender. Tropecei, quase caí, dei uma topada na cadeira, antes de alcançar meu objetivo, imaginando que houvesse ocorrido algo grave, como um incêndio no prédio ou algo parecido.

— Sabrina! – Reconheci a voz do outro lado.

— Elias? O que está fazendo aqui, a essa hora? — Não podia acreditar.

— Eu vim ver a minha garota. Posso entrar?

Suspirei fundo e apertei o botão.

Minutos depois, lá estava ele diante de mim, com seu jeito de sempre.

— O que houve? O que você está fazendo aqui? — perguntei, meio zonza de sono, saindo da frente para lhe dar passagem.

— A festa estava um saco, então, eu fugi para ver você.

— E que horas são?

— Sei lá! Umas três horas? — Ele deu de ombros.

— Três horas! — gemi.

— O que importa a hora se eu estou aqui, com você — Segurou meu rosto entre as mãos e me beijou, com tanto ardor, que até fiquei sem folego. — Vamos para o seu quarto, estou louco para trepar com você — murmurou junto a minha boca.

Sem desgrudar nossas bocas, deixamos uma trilha de roupas pelo caminho, já não havia mais nada quando chegamos lá. Foi quando se separou de mim e indo até a janela, que abriu, completamente.

— Não! — protestei.

— Por que não? Está muito quente, além disso, não tem ninguém acordado a essa hora — ele rebateu, voltando para mim, de um modo tão quente e intenso, sem sequer me dar tempo para pensar, que até me esqueci que a luz do quarto ficou acesa. Só percebi quando ela ofuscou meus olhos, assim que terminamos.

Cama de gato

Elias saiu da cama para fumar na janela e sorriu ao perceber que eu havia posto um cinzeiro ali, no peitoril.

— Será que alguém nos viu? — perguntei, preocupada, puxando o lençol sobre mim, já que minha cama ficava bem em frente à janela, no meu pequeno quarto.

— E daí? Você está no seu quarto, na sua cama e ninguém tem nada a ver com isso.

— É esquisito.

— É empolgante e *sexy*, imaginar sermos observados, enquanto transamos — falou, cheio de entusiasmo.

Elias desconhecia os limites. As palavras de George ecoaram na minha cabeça.

— E por que você apareceu assim, de repente?

— Sei lá! Estava entediado, então pensei, o que estou fazendo aqui, nessa festa chata, enquanto a minha gata linda e sexy me esperava em uma cama quentinha? Então eu vim — Deu de ombros.

Ele apagou o cigarro e voltou para o meu lado, dessa vez, antes, desligou a luz.

— E você, o que fez hoje à noite? — perguntou, se aconchegando junto a mim.

— Assisti um filme bem interessante sobre... — contei meia verdade, mas parei de falar ao perceber que ele tinha adormecido.

Soltei o ar com força, virei-me de lado, aconcheguei-me no travesseiro e voltei a dormir.

Acordei com a claridade do dia, entrando pela janela; as cortinas continuavam abertas, e Elias, sem roupa, ajoelhado ao meu lado, murmurava ao meu ouvido:

— Confia em mim?

Não!

— Sim.

Ele não falou mais nada, apenas segurou as minhas mãos e as amarrou com uma faixa de seda semelhante as do dia anterior e a prendeu na cabeceira da cama, deixando meus braços esticados e, dessa vez, foi à janela e fechou as cortinas.

— Você vai gostar, não vamos fazer nada perigoso ou muito doloroso hoje. Agora, precisamos de certa privacidade, isso será só entre nós dois.

Seu tom era tão sério que me assustou um pouco, voltando para mim, tirou outra faixa não sabia de onde, vendou os meus olhos. Fiquei imobilizada no escuro à mercê daquele homem, com os nervos à flor da pele, meu coração aos pulos e a respiração ofegante, à espera do desconhecido que estava por vir. Muito atenta, imaginava o que ele estaria aprontando, mas após alguns minutos, nada aconteceu.

— Elias! — chamei baixinho.

Silêncio.

— Elias! — chamei, de novo, mais alto.

Silêncio.

Apurei os ouvidos, estava bastante quieto ali. Tentei libertar as minhas mãos; no entanto, foi inútil, estavam muito bem amarradas. Será que esse suspense fazia parte do jogo? Sendo assim, só me restava aguardar o que quer que fosse.

Não sei quanto tempo se passou, eu ainda estava lá, com minhas mãos dormentes, minhas costas doendo e minha bexiga tão cheia que parecia preste a explodir, e nenhum sinal de Elias.

Será que ele me esqueceu?

Acho que cochilei e despertei com um som dentro do meu quarto, rezei que fosse Elias e não o gato. Logo em seguida, senti minhas amarras se afrouxarem. Estava livre. Puxei depressa a venda dos meus olhos e encontrei Elias com um sorriso de satisfação. Tive vontade de socá-lo.

— Onde você estava? Fiquei aqui sozinha, amarrada por um tempão! — Não disfarcei a minha raiva.

— Calma, Sabrina. Você me deu um voto de confiança.

— Eu sei, mas... Não era para isso!

— Minha querida senhora, o que posso fazer para apaziguar a sua ira? — Ele se prostrou à minha frente, em sinal de adoração. — Deseja me surrar até eu pedir clemência? Ou deseja que eu lhe dê prazer até você pedir clemência?

— As duas propostas são tentadoras, mas, nesse segundo, só preciso ir ao banheiro. — E saí correndo para o meu objetivo, antes de um acidente constrangedor.

Estava ali, me aliviando, quando percebi Elias me observando da porta do banheiro, que, na pressa, esqueci aberta.

— O que você está fazendo aqui?

— Só vendo você.

— Vá embora! Esse é um momento muito íntimo.

— Por isso mesmo, é um momento muito íntimo. Sendo assim, quero compartilhar com você.

— Você é maluco! — Eu tive que achar graça e, com o pé, empurrei a porta para ela se fechar.

Mais tranquila e vestida, fui ao encontro de Elias, na sala.

— Você não me disse onde estava, quando me deixou amarrada na cama.

— Fui comprar o nosso café da manhã — respondeu, de um jeito casual, e, com um gesto teatral, me mostrou a mesa posta, cheia de coisas gostosas. — Quis fazer uma surpresa.

— Com certeza, eu fiquei muito surpresa.

— Podemos comer agora? Pois, quero continuar de onde paramos.

— Você não vai me amarrar de novo!

— Não estava pensando nisso.

— Por que não podemos, simplesmente, passar um domingo tranquilo, assistindo um bom filme, conversando ou dando um passeio? Eu não conheço quase nada sobre você.

— E qual a graça disso? Não há mais nada que você precise saber sobre mim.

21

Confesso que a minha relação com Elias estava me deixando bastante confusa, pois, ao mesmo tempo, era empolgante e diferente, mas vazia e superficial, fadada a não ter uma vida longa. Dizia a mim mesma para aproveitar essa experiência única, deixar queimar até virar cinzas.

Elias não conhecia limites. As palavras de George ecoavam na minha cabeça a cada proposta louca que o meu namorado fazia.

Naquela manhã, quando cheguei ao trabalho e encontrei Ícaro na sua sala, cabisbaixo e um tanto desleixado, sua barba e seu cabelo, sempre impecáveis, estavam desgrenhados. O corretivo não ajudou a disfarçar suas olheiras. Aquilo me incomodou; preferia quando ele estava brigando com todo mundo, dando ordem, nos deixando loucos.

— Você está bem? — perguntei, mansinho, mesmo imaginando qual seria a resposta.

— Não. Fabio tem um namorado novo. Ele postou nas redes sociais, aquelas caras sorridentes — revelou, com tristeza. Coloquei a mão sobre o seu ombro, sem palavras para consolá-lo; sabia muito bem o quanto isso dói. — Mas, o que se há de fazer? A vida é assim mesmo. A fila anda, seguimos em frente! — proclamou, em um tom falsamente animado. — E você com o seu novo namorado?

— Estamos bem — Dou de ombros. — Só que...

— Só que?

— Ele é um tanto, como direi, audacioso. — Ícaro me interrogou com o olhar. — Gosta de experimentar coisas diferentes. Não é nada convencional.

— E isso não é bom?

— Não sei, mas acho que deve ser.

Durante o resto do dia, coloquei Elias de lado e me concentrei no jantar com George, que se tornou rotina. Naquela noite, seria a minha vez, por isso, planejei o prato que faria, porém nada complicado. Queria fugir do conforto das massas, por isso andava assistindo programas de culinárias e pesquisando novas receitas em sites especializados. Eu me decidi por uns belos filés de entrecôte e uma salada especial. Afinal, não deveria ser tão difícil assim fritar uns bifes. Por um breve instante, até considerei a hipótese de convidar Elias para jantar conosco, mas mudei de ideia, rapidinho. Na hora combinada, George chegou com uma garrafa de vinho em uma das mãos e a sobremesa na outra. Elogiou a mesa já posta, acariciou a cabeça de Sabbath, que dormitava no sofá.

— Abra o vinho, que eu vou fritar os bifes — pedi e sumi na cozinha.

Como já havia aprendido, deixei a frigideira ficar bem quente antes de pôr a carne, que chiou lindamente. Sabbath se aproximou do fogão e espiou o que eu estava fazendo.

— Para a cozinheira.— George chegou com uma taça cheia de vinho tinto na mão e me entregou. — Que belos filés! Você convidou Elias?

— Não. Tem notícias de Letícia?

— Nós não nos falamos muito ultimamente. Você sabe, fuso horários bem diferentes.

— Você prefere o filé bem ou malpassado?

— Ao ponto, por favor. Você está melhorando cada vez mais na cozinha!

— Obrigada, que bom que notou. Por favor, leve a salada e pão para a mesa, pois os filés já estão prontos.

Nós nos sentamos e começamos logo a comer. O vinho era maravilhoso e combinava muito bem com a carne.

— Por que não convidou Elias para jantar conosco? — George indagou de um jeito sério, quase acusador.

— Porque com Elias aqui, seria diferente entre nós dois.

— Eu sei. E como vocês dois estão?

— Bem, quer dizer, ele é engraçado, bonito, sexy, mas tem aqueles horários malucos. Ele é um ser noturno. Muitas vezes, aparece no meio da madrugada, como se fosse a coisa mais natural do mundo.

— Elias é assim mesmo, vive no seu próprio mundo. Desculpe se estou sendo intrometido. Não me leve a mal, mas ele lhe propõe jogos?

Parei por um instante, refletindo se deveria me abrir com George ou não, afinal, ele era amigo de Elias. Será que Letícia havia contado para ele?

— Sim, o tempo todo. Ele é bem audaz, gosta do risco. Mas, você sabe disso, não é? — George balançou a cabeça afirmativamente. — Era assim com Letícia? – Eu me enchi de coragem para perguntar.

— Foi uma das causas de eles terminarem. Letícia se cansou disso tudo.

Imaginei quando aconteceria comigo, quando iria cansar e terminar com a nossa relação.

— Ele começou a pedir coisas que Letícia não queria fazer. Então, Elias ficava aborrecido, por fim, ela acabava cedendo e fazia o que ele pedia.

Quis perguntar o que eram essas coisas, porém, não tive coragem.

— Acho que sou uma garota um tanto convencional — brinquei. Não queria mais falar a respeito de Letícia, já que ela foi tão importante para Elias e ainda era para George.

— O jantar está delicioso, Sabrina — Percebi que George, também, quis mudar de assunto, melhor assim.

— Bife com salada? Grande jantar! — rebati, com sarcasmo.

— Não, você está se aprimorando. — Ele segurou a minha mão com carinho e só notou quando fiquei paralisada. Meus olhos foram das nossas mãos unidas para o seu rosto. Ficamos nos encarando, por alguns segundos; desejei tanto me aproximar e colar a minha boca na dele, mas não devia, não podia. Soltamos nossas mãos, dei um sorriso sem graça, abaixamos os rostos e voltamos a comer, constrangidos.

A comida desceu com dificuldade; havia um bolo na minha garganta. Eu não sabia o que estava acontecendo comigo. Por que eu me sentia assim quando estava perto de George? Talvez fosse melhor acabar com esses jantares.

Mais tarde, depois que George foi embora, deitei-me na cama, porém, não conseguia dormir, pensando no que havia acontecido na hora do jantar.

O que significava aquilo?

Ainda estava acordada, por isso, não me espantei ao ouvir o interfone, mesmo que já passasse das duas da manhã; era quase um hábito. Recebi Elias com um beijo ardente, sem perguntas.

Culpa por estar pensando em outro homem?

Cama de gato

Ele segurou os meus quadris e me tirou do chão; enrosquei minhas pernas em volta dele. Ele me levou para o quarto. A nossa relação era assim: pouca conversa e muita ação.

— O que houve? — ele me perguntou, de pé junto à janela, enquanto fumava, após mais uma tórrida sessão de sexo.

— Nada. Por quê? — respondi, o observando, deitada na cama, envolta no lençol.

— Porque você estava diferente hoje, mais quente. Não que você não seja quente e sexy, mas, hoje... Uau! Você estava demais!

— Eu não sei, não tem nada de diferente — Dei de ombros, com falsa inocência.

Ele apagou o cigarro no cinzeiro, foi até onde estavam as suas roupas e pegou o telefone.

— O que está fazendo? — perguntei, assustada, quando ele apontou o aparelho para mim.

— Tire o lençol! — ordenou.

— O quê? Eu estou nua! — Espantei-me com aquela proposta absurda.

— Por isso mesmo, quero filmar você!

— De jeito nenhum! Não quero minhas imagens por aí! — protestei, enfática.

— E não vão ficar por aí, eu prometo, serão só para mim — ele falou de um modo brando, tanto que me balançou, mas já havia visto isso acontecer antes com outras garotas e não queria problemas para mim.

— Não! Apague as luzes e volte para cama. Vamos dormir.

Por via das dúvidas, coloquei a minha camisola, fechei os olhos e tentei adormecer, relembrando da conversa que tive com George mais cedo.

22

No fim de semana, haveria uma festa privada na boate de Elias, uma daquelas de arrasar, que todo mundo quer ir e falar; o aniversário de um estilista bem famoso. Elias insistiu que eu fosse, fiquei bastante animada com a ideia, já que as pessoas mais conhecidas da minha área estariam lá. Por isso, eu me empenhei na produção; queria simplesmente arrasar. Percebi que funcionou pela cara de Elias, quando me pegou em casa.

O trânsito estava bem confuso nas proximidades, e havia muita gente na porta da boate. O controle era rigoroso para evitar penetras. Claro que não precisávamos entrar na fila; passamos direto pelos parrudos seguranças. Chegamos cedo e, lá dentro, ainda não havia muitos convidados. Elias circulava, falando com um monte de gente, dando ordens e verificando se tudo estava certo, me arrastando pela mão, até alguém o chamar para resolver um problema. Fomos até o bar e ele pediu uma bebida para mim, gin tônica; depois, desapareceu. Sentada junto ao balcão, eu observava a multidão aumentando. Reconheci alguns rostos ao longe, mas, por enquanto, nenhum amigo. Um homem bonito apareceu do nada e me ofereceu uma bebida, dizendo que era para ajudar a me divertir. Eu recusei, falei que não precisava, que estava bem, contudo, ele insistiu.

— Cai fora! Não vê que a moça disse não! — A voz grave ao meu lado ordenou e, sem graça, o homem sumiu. Olhei na sua direção e me deparei com um homem alto de barba bem aparada e cabelos escuros.

— Ícaro, você veio! — Fiquei feliz ao ver um rosto amigo.

— E você acha que eu perderia uma festa como essa! – Sua voz suavizou, voltando ao tom normal. — Por que está sozinha aqui? Onde está seu namorado?

— Trabalhando. Esse lugar é dele. Achei que eu tivesse falado isso para você.

— Não, não falou. Então, você está namorando Elias Rotten.

Não gostei do jeito com que ele falou o nome de Elias.

— Sim. Você não viu nas minhas redes sociais?

— Não prestei atenção que era esse Elias.

— Você o conhece?

— Só de nome e de fama.

— Fama?

— Só estou brincando, deixa para lá! — Ícaro deu de ombros; fiquei intrigada, pretendia conversar com ele depois.

— E você veio sozinho? — Torci para que dissesse que sim, pois, pelo menos, teria companhia.

— Não, vim com um amigo. Ele foi ao banheiro.

— Um amigo! — Fiquei animada.

— Você sabe, a fila anda, mas não é nada sério, por enquanto.

O amigo de Ícaro apareceu e era bem bonito. Ele nos apresentou e pediu bebidas. Sabia que eles não queriam me deixar sozinha ali, no entanto, não pretendia estragar a sua noite. Ícaro estava especialmente animado, contava piadas e fatos engraçados sobre ele e alguns dos presentes, e o meu segundo drink ajudou; minha barriga doía de tanto ri. Foi quando Elias surgiu ao meu lado, colocou a mão nas minhas costas, de maneira possessiva, como para marcar território. Eu os apresentei, toda animada. Elias foi educado, porém, estranhamente, frio e formal.

— Desculpe, mas preciso mostrar algo a Sabrina — ele disse, segurou a minha mão e me puxou dali, sem mais explicações.

Ainda de mãos dadas, Elias me arrastou, apressado, pelo meio das pessoas, até alcançarmos um corredor vazio, no fundo da boate.

— O que houve, Elias? Para onde está me levando?

Mas, ele não respondeu até abrir uma porta e me puxar para dentro. Era uma espécie de depósito, com muitas estantes com garrafas, copos e outros objetos de uso da boate. Estava bem calmo ali dentro, escutávamos as músicas e os sons de vozes ao longe. Ele fechou a porta, girou a chave e se voltou para mim.

— O que pensa que estava fazendo com aqueles homens?

Eu ri, achando que era uma espécie de piada. Entretanto, seus olhos em fogo demonstravam que ele falava sério.

— O quê? Jura que é isso mesmo? Aquele é Ícaro! — Percebi pelo seu olhar, que ele não sabia do que eu estava falando.

— O meu chefe!

— Vocês parecem ser muito íntimos! — vociferou, entredentes.

— Sim, nós somos. Tanto que ele estava me apresentando ao novo namorado, porque Ícaro é *gay*!

Elias pareceu relaxar, soltando o ar com força.

— Desculpe! Eu só fiquei com ciúmes — respondeu com um fio de voz.

— Mas, não precisava ficar assim, se ouvisse um pouco o que eu falo para você — rebati, aborrecida.

— Você está zangada comigo?

— Um pouco — Queria bancar a durona, para não deixar de graça.

— Por favor, me perdoa, Sabrina! — disse, caindo de joelhos bem na minha frente.

— Pare com isso, Elias!

Em vez de me ouvir, ele se arrastou, aproximando-se ainda mais de mim. Colocou as mãos nos meus quadris e encostou a testa no meu ventre.

— Eu sou um cretino, Sabrina!

Eu pus as mãos sobre os ombros dele.

— Não, você não é.

— Sim, eu sou e preciso recompensá-la — sussurrou junto a minha barriga. Levantou o meu vestido e beijou entre as minhas pernas.

— Não faça isso aqui — supliquei, mas Elias não parou. Perdi a sanidade; não desejava mais que parasse. Soltei um gemido, e ele se empenhou ainda mais. Fui à loucura; meu ventre queimou e se contraiu com tamanha intensidade que gritei, agarrando os seus cabelos com força.

Ele se ergueu, com um sorriso vitorioso, enquanto eu recuperava o folego.

— Espero que esteja perdoado.

— Sim — murmurei.

— Tenho que voltar, fique aqui o tempo que precisar. — Ele ajeitou os cabelos, antes de sair, me deixando sozinha.

Eu me arrumei com calma, ainda tinha as pernas bambas. Passei os dedos nos cabelos, olhei para cima e reparei em uma câmera de segurança voltada bem para o lugar onde estávamos. Entrei em pânico, imaginando que poderíamos ter sido filmados.

Desesperada, corri para fora a procura de Elias, mas o lugar estava lotado, por isso, demorei muito para encontrá-lo, conversando com um grupo de pessoas. Sorri sem graça ao me aproximar. Sem nenhum constrangimento, ele me abraçou e continuou conversando. Esperei por uma oportunidade até que desisti e cochichei no ouvido dele:

— Precisamos conversar.

— Se quiser outra rodada, não posso agora — respondeu no mesmo tom.

—Não é isso. Você sabia que tem uma câmera de segurança no depósito e que devemos ter sido filmados. Você precisa apagar esse vídeo agora — disse, bem séria.

Ele riu, zombeteiro.

— Ah isso! Não se preocupe, aquela câmera está quebrada há muito tempo, só serve para desestimular possíveis furtos.

— Você tem certeza?

— É claro que eu tenho certeza.

Fiquei um pouco mais calma, mas nem tanto.

23

Aquela história de câmera de segurança não saiu da minha cabeça por um bom tempo, imaginando se Elias falava mesmo a verdade. Provavelmente sim, pois qual seria o propósito de ser filmado em um momento tão íntimo com a namorada? Sendo assim, aos poucos, eu relaxei.

O nosso jantar semanal seria no apartamento de George desta vez, por isso, passei no mercado e comprei sorvete e um bom vinho para a noite, feliz com a possibilidade de uma conversa agradável e desejando que a repentina atração pelo meu vizinho houvesse passado.

Mais tarde, George abriu a porta, convidou-me para entrar.

— Vamos para cozinha, estou terminando o jantar.

Eu o segui até a cozinha, onde Sabbath andava de um lado para o outro junto ao fogão, miando, esperando George lhe oferecer algo para comer.

— Posso servi o vinho? — perguntei.

— Por favor.

Já sabia onde estava tudo que precisava: o saca-rolha, as taças. Mexi nos armários, sem nenhuma inibição.

— Gosta de camarão? — ele me perguntou, sem desviar a atenção das panelas.

— Adoro!

— Estou fazendo um risoto para nós.

George se curvou e deu um camarão gordo e rosado para o gato, o qual comeu avidamente e esperou por mais. Ele lhe deu mais um.

— Cheira muito bem — disse, colocando uma taça cheia sobre a pia, ao lado dele, e encostei no batente da porta, com outra taça na mão. Tomei um gole devagar, satisfeita com a minha escolha, observando George trabalhar, com movimentos seguros de quem sabia o que estava fazendo, quando despejava os camarões na frigideira.

Cama de gato

Ele usava uma camiseta branca fina, o corpo levemente dobrado a deixava bem esticada. E, pela primeira vez, consegui notar os desenhos escuros sob ela. A tatuagem de George era maior do que eu imaginava, pegava uma boa parte das costas se prolongando até o braço, tentei decifrar o que representava. Fiquei tão distraída com os meus pensamentos que demorei a entender o que ele havia falado.

— Sabrina!

— Sim!

— Você gosta de alcaparras?

— Ah! Não.

— Então, sem alcaparras. — Ele parou e olhou para mim. — O que foi?

— Nada!

— Como nada?

— É que... estou tentando adivinhar como é a sua tatuagem. Sabe, sua camiseta é um pouco transparente — respondi, sem jeito por ter sido pega em flagrante.

— Ah, é só isso!

Ele sorriu e tirou a camiseta, engoli em seco, surpresa, diante do que eu vi. Com o torso nu, George girou lentamente e parou, com o desenho voltado para mim. Era uma tatuagem no estilo tribal reconheci um elefante e um leão, que se espalhava pela metade do peito e das costas e pela parte superior do braço direito. Ficava perfeita no conjunto daqueles tórax e braço bem torneados.

Eu nunca imaginaria algo assim; não conseguia desviar o olhar.

— E aí, satisfez a sua curiosidade?

— Sim. Ela é bem bonita e grande. Bem maior do que eu esperava — revelei, quando voltei à razão. Queria olhar mais de perto, mas infelizmente, ele recolocou a camiseta. Eu tomei outro gole do vinho.

— Agora, quero ver a sua — ele disse com um sorriso travesso.

Ele estava me provocando?

— A minha não é em nada parecida com a sua, assim tão grandiosa! É bem pequenininha e simplesinha.

— Trato é trato. Lembra-se? Eu mostro a minha se você mostrar a sua.

— Certo! Trato é trato.

Sem jeito, eu me virei de costa e abaixei o cós da calça para mostrar a parte de baixo da minha coluna, onde havia uma pequena borboleta colorida. Fiquei parada por alguns segundos antes de me arrumar.

— Muito delicada e surpreendente — murmurou, seus olhos tinham um brilho estranho.

— George! — falei, quase sem folego.

— Sim.

— O risoto está queimando.

Isso nos tirou do transe.

— Hum, está delicioso, George! — declarei a mais pura verdade durante o jantar.

— Obrigado. Você é a minha inspiração.

—Tem notícias de Letícia? — Usava essa pergunta sempre que queria esfriar o clima.

— Nós nos falamos, de vez em quando. Sabe como é, o fuso horário.

Será que entendi direito ou o relacionamento dos dois estava esfriando? Não deveria ficar feliz com isso.

— E você e Elias? — Achei que ele usava a mesma tática.

— O de sempre. Ele é muito ocupado. Nossos horários são diferentes. — Ou seja, pouca conversa, muitas festas e muito sexo inusitado.

— Não parece, mas Elias é muito responsável quanto ao trabalho. Sei disso porque eu o ajudei a construir aquela boate. Tinha a impressão de que ele queria mostrar ao pai como era competente e que poderia ter um negócio de sucesso sem depender dele.

— Você?

— Tenho uma pequena parte da sociedade. Eu o ajudei angariar fundos para construir o lugar. Na minha área, conheço muita gente que tem dinheiro para investir e não sabe onde. O sobrenome dele ajudou bastante, mesmo que não queira admitir isso.

— Eu estou pasma com essa história.

— Ele nunca contou a história dele para você?

— Não — respondi, um tanto magoada.

— Elias parece ser meio irresponsável, em alguns aspectos da sua vida. Talvez, a sua relação com a família o tenha dificultado ter relações mais profundas com outras pessoas.

— O que você quer dizer com isso?

— Eu acho que falei demais. Vamos aproveitar o nosso jantar juntos.

— Certo — concordei, no entanto, mil ideias rodopiavam dentro da minha cabeça.

Mais tarde, naquela mesma noite, na cama, sem conseguir acalmar os meus pensamentos, esperei, porque alguma coisa dizia que Elias apareceria. Nossas vidas eram muito diferentes, por isso nossos encontros quase nunca aconteciam em horários convencionais.

O som do interfone mostrou que eu estava certa. E como sempre, Elias não deu muito espaço para conversa, antes de tirar a minha roupa e nos jogarmos na cama.

Depois, deitados na penumbra, quebrei o silêncio, com segundas intenções:

— Como estão os seus pais?

Ele virou o rosto e me encarou, atordoado.

— Por que está perguntando isso?

— Não sei, só curiosidade, depois daquele jantar... Você nunca mais tocou no assunto.

Ele se virou e subiu em cima de mim, olhando nos meus olhos. Mesmo à meia luz, identifiquei o brilho selvagem nos dele.

— Nunca mais me pergunte sobre os meus pais, entendeu? — falou manso, mas com uma raiva contida, que me assustou.

— Desculpe, eu não pretendia chatear você. Só queria conversar — rebati, humildemente, me encolhendo.

—Oh! Não! Desculpe! Não fique aborrecida comigo. Eu não queria ser tão rude. — Subitamente, Elias mudou de atitude parecendo arrependido.

— Eu não estou aborrecida. Só pensei... foi só uma pergunta.

— Você está zangada comigo?

— Não.

— Quer me punir?

— Punir você? Não!

— Mas, eu fui um garoto mal e insolente, então mereço ser punido — ele rebateu suavemente. Percebi que queria começar um joguinho.

— Tudo bem, eu vou punir você. O que quer que eu faça? — respondi, resignada.

— Me bate! — Assim dou um tapa de leve na bunda dele. — Não, mais forte! — Dou outro tapa um pouco mais intenso. — Mais forte! — Dessa vez, desci a mão com vontade. Ele gemeu, e eu comecei a rir, nervosa. — Você não leva isso mesmo a sério, leva?

Sacudi a cabeça, tentando parar de rir.

— Não! Vamos dormir, pois tenho que acordar cedo. — Fechei os olhos e procurei relaxar, mas aí eu me lembrei de algo. Abri os olhos — Por que sempre estamos aqui? Por que nunca vamos à sua casa?

— Sei lá, eu gosto da sua casa.

— Eu também, mas fico curiosa para saber como é o lugar em que você vive.

— Se faz tanta questão assim.

— Poderia me convidar para jantar lá, uma noite dessas.

— Não sou George, não sei cozinhar.

— Então, compre o jantar e finja que fez. Afinal, você nunca levou ninguém à sua casa?

— Só as putas, nunca as namoradas — ele brincou, e eu lhe dei um soco de leve no braço.

Será que estava realmente brincando ou falando a verdade?

24

Estávamos em uma espécie de recesso no trabalho. Tínhamos finalizado um editorial de moda, e ainda não havíamos começado outro. Com tudo tranquilo, era a oportunidade que eu esperava para conversar com Ícaro. Na sala dele, enquanto revisávamos o material que iríamos precisar, comecei perguntando sobre o seu novo namorado. Ele estava animado, parecia que as coisas andavam bem e que poderia dar certo. Fiquei feliz por ele, de verdade. Então, entrei no tema que tanto ansiava.

— O que você sabe sobre a família Rotten? — Tentei parecer o mais casual possível, mas sabia que com Ícaro não iria funcionar.

— Você deve saber melhor do que eu. Afinal, é a família do seu namorado, não é?

— Não sei nada sobre a família dele. Elias não gosta de tocar nesse assunto.

— Eu, também, não conheço muita coisa. Sei que é uma família com muito dinheiro e muito tradicional, mas todo mundo sabe disso. Também, não gostam de publicidade, são bem discretos, com exceção de Elias, é claro. Que se tornou uma espécie de rei da noite.

— Rei da noite! — Ri daquela observação.

— Uma antiga cliente, amiga da família, me confidenciou que o velho é muito rigoroso e autoritário, ninguém podia se rebelar ou contradizer suas opiniões.

— Até Elias fazer isso.

— Elias foi muito corajoso. Ninguém esperava um Rotten abrir uma boate de sucesso como ele fez.

— Sim, ele é muito audaz.

— Você realmente gosta dele?

— Se eu gosto de Elias? Claro, ele é meu namorado – respondi, sem tanta firmeza. Ícaro me encarou cético. — Algumas vezes, eu gosto mais dele do que em outras. Mas, acho que é assim em todo relacionamento, não é? — confessei.

Sentia-me empolgada com a minha primeira visita ao apartamento de Elias. Ficava imaginando um monte de possibilidades de como seria o lugar, se sofisticado ou despojado, enquanto chegava ao edifício em uma rua tranquila de um bairro tradicional.

Elias abriu a porta para eu entrar no seu refúgio, bastante à vontade com minha presença ali. Sem disfarçar, olhei em volta, reparando em todos os detalhes. O lugar era bem desprovido, quase monástico, com poucos móveis, nenhuma decoração e alguns objetos completamente fora do lugar, mas de certo modo, combinava com ele.

— Não passo muito tempo aqui, só venho para trocar de roupa e, poucas vezes, para dormir — explicou, ao perceber a minha expressão.

— Eu não conseguia imaginar como seria sua casa, estava muito curiosa.

— Sobre isso? — Ele abriu os braços, mostrando o entorno.

— Sobre tudo a seu respeito, já que estamos juntos, há algum tempo, e é natural que queira saber mais sobre você.

— Não perca o seu tempo com isso, não há nada para saber sobre mim. Agora, você já conhece onde eu vivo. E eu fiz o jantar para nós — brincou, apontando a comida japonesa, ainda na embalagem do restaurante, sobre a mesinha de centro.

— Estou admirada com suas habilidades culinárias! — Mantive o tom.

— Sim, eu fiz um curso só para aprender a cortar o peixe.

Sentamo-nos no chão de pernas cruzadas para comer. Em um copo quadrado de madeira, ele me servia uma dose generosa de saquê depois da outra.

— Você quer me embebedar? — perguntei, sorrindo.

— Essa é a ideia — ele respondeu, completando o meu copo.

— Você não vai a boate hoje?

— Não, eles poderão sobreviver sem mim por uma noite. Principalmente, quando estou com uma garota bonita no meu apartamento — Elias se aproximou e me beijou. Um daqueles beijos de tirar o folego. Imaginei que não iríamos terminar o jantar, pelo menos, não agora, quando a sua mão foi para baixo do meu vestido.

Depois, deitada no chão da sala, distraída com as pequenas falhas na pintura do teto, não queria pensar. Sentia-me um pouquinho tonta devido ao saquê. Ao meu lado, Elias permanecia em silêncio.

— Eu tenho que confessar uma coisa — disse, em voz baixa. Elias continuou imóvel, de olhos fechados, parecia dormir, mas não me importei. — Andei pesquisando sobre você e a sua família.

Esperava por alguma reação brusca, contudo, ele apenas abriu os olhos e virou o rosto na minha direção.

— Por que fez isso?

— Queria saber mais sobre o homem com quem divido a minha cama.

— Justo. E o que descobriu?

— Como você foi corajoso, enfrentando o seu pai e construindo seu próprio negócio.

— Eu não tive escolha, era isso ou ter minha alma destruída.

— Não seja tão dramático.

— Você não conhece meu pai. Ele é um devorador de almas, as suga até não sobrar um pingo de vontade própria.

— Você está exagerando!

— Não estou. Vi o que ele fez com a minha mãe.

Ele se dobrou, apoiou a cabeça sobre a minha barriga e a beijou.

— Seu umbigo é engraçado — troçou, passou o dedo nele, fez cócegas e eu me contorci.

— Não, não é — retruquei com veemência, apesar de achar isso também.

— Mas, eu gosto dele assim. Gosto de mais outra coisa em você — E beijou a minha barriga, seguindo um caminho para baixo, para entre as minhas pernas.

Não sabia quanto tempo depois eu fui trazida do sono por uma suave carícia no meu dorso. Aos poucos, fui tomando consciência de que estava na cama, no quarto de Elias. Havia a luz suave de uma vela que me permitiu vê-lo ajoelhado ao meu lado.

Na sua mão, um objeto do tamanho de uma régua longa, que eu não consegui identificar, enquanto ele me acariciava e sorria.

— Quero que faça algo por mim — sussurrou no meu ouvido.

— Sim, claro — respondi, sem pensar.

Eu me sentei e ele me entregou o objeto. Percebi que era um pequeno chicote que terminava em tiras de couro finas e macias. Encarei-o, sem entender.

— Quero que me bata — ele pediu, com humildade.

— Não! Está maluco? Eu não posso fazer isso! — Fiquei abismada.

— Por favor — ele suplicou com as mãos postas diante de mim.

— Eu não posso bater em você. Por que eu faria isso?

— Preciso que faça isso, porque eu mereço, se você não fizer, não terei paz.

Olhei para o rosto dele e, em seguida, para o objeto em minhas mãos e, de novo, para ele. Parecia atormentado. Eu sabia que havia pessoas que conseguiam prazer desse modo, porém, sempre achei bizarro. E agora, diante de Elias não tinha ideia do que fazer e pensar.

— Se é isso que você quer — concordei, um tanto receosa. Ele sorriu, aliviado. — Como faremos isso?

Ele ajoelhou-se sobre o colchão de frente para a cabeceira, com o dorso nu, abriu os braços em cruz e abaixou a cabeça, encostando o queixo no peito. Hesitante, eu me ergui, ficando de pé ao lado da cama, dou alguns passos para atrás, segurando, com força, o chicote.

— Está pronta?

Não!

— Sim — murmurei.

— Então, comece!

Trêmula, levantei o braço e desferi a primeira lambada, o corpo de Elias se retraiu. Recuei.

— Mais forte! — ele pediu, e eu fiz.

O corpo dele ficou rígido com o golpe.

— Mais forte, Sabrina! Você pode! Por favor!

Assim, meu braço descia e subia, o corpo dele se contraía e ele gemia a cada golpe.

— Não pare! — Elias exigia.

Mesmo à pouca luz, percebi que as suas costas estavam com vários vergões avermelhados, meu braço doía de tanto bater.

— Agora, chega! — determinei, jogando o chicote em cima do colchão.

Ele relaxou, apoiando as mãos sobre a cama e respirando fundo. Eu me aproximei para ver o seu rosto.

— Você está bem?

— Sim, estou em paz agora — disse, voltando-se para mim, sorrindo, com uma expressão beatificada. Examinei as suas costas marcadas.

— Não seria melhor colocar um remédio aqui?

— Não, assim perderia o sentindo. Ainda preciso sofrer com as feridas. Não se preocupe não ficarão marcas. Você não bate tão forte assim.

Fiquei imaginando se outras mulheres teriam feito o mesmo com ele, se haveria marcas escondidas sob as muitas tatuagens. Provavelmente, sim.

— Venha aqui! — Ele me puxou para baixo dele e transamos, de um modo intenso, como nunca havíamos feito antes.

25

Tudo o que aconteceu no apartamento de Elias havia me deixado ainda mais atordoada com a nossa relação. Eu nunca me imaginei com uma pessoa que curtisse sadomasoquismo. Nos dias que se passaram, não tocávamos mais no assunto. Foi como se não houvesse acontecido, igual a um sonho, e como ele previu, até as marcas nas suas costas desapareceram.

Como sempre, Elias era charmoso, *sexy* e com seu adorável jeito descompromissado de ser. No entanto, toda vez que eu o revia, lembrava-me daquela cena: ele ajoelhado, enquanto eu o chicoteava até meu braço cansar. Aquilo era muita loucura.

Em uma madrugada, deitados na minha cama, olhando para as janelas dos prédios do outro lado da rua, criei coragem para perguntar as questões que dançavam na minha cabeça há algum tempo. Assim, me virei e encarei o seu belo perfil.

— Não foi a primeira vez que fizeram aquilo com você, não é?

— Ser chicoteado? — Eu concordei com a cabeça. — Não — respondeu, com o olhar perdido em algum lugar fora dali.

— Por que você gosta que batam em você?

— Eu me sinto bem, puro, limpo dos meus pecados.

— Isso me soa tão antigo, muito medieval. Por que quer sofrer assim? É muito estranho para um homem igual a você.

— Você jamais entenderia.

E eu não sabia se queria entender.

— Hoje à noite, não vou trabalhar. Quero levá-la a um lugar.

Fiquei surpresa e empolgada, pois, raramente, fazíamos algo diferente, a não ser ir a festas e à boate.

— Onde iremos?

— Surpresa! Não vou dizer até estarmos lá. Ah! Não precisa se preocupar com a roupa, só use um lingerie bem sexy.

Cama de gato

Ainda não tinha ideia para aonde íamos quando o seu carro singrava pelas ruas íngremes e tortuosas, cercada por grandes muros e densa vegetação, em um dos bairros mais elegantes e caro da cidade. Enfim, o carro parou diante de um grande portão, e Elias digitou o código, que nos deixou entrar.

— Que lugar é esse? — perguntei quando estacionou, e saíamos do carro, pois, mesmo com a pouca iluminação, avistei a imponente mansão adiante.

— Esta é a casa dos meus pais. Mas, não se preocupe, eles estão viajando — avisou, quando vacilei.

— Se eles não estão em casa, o que estamos fazendo aqui?

— Eu já disse para não se preocupar. É a casa dos meus pais. Não estamos invadindo; eu tenho a chave e o código do alarme. Só queria que conhecesse o lugar onde cresci.

Fiquei muito sensibilizada.

Realmente, ele tinha a chave e sabia o código para desativar o alarme e, quando acendeu a luz, tive uma grande surpresa, segurei o ar.

— É bem suntuoso — Não sabia o que dizer diante daquele lugar, que refletia um alto padrão de luxo clássico — Dá até medo de andar, esbarrar e quebrar algo, pois teria que vender a minha alma para repor qualquer objeto daqui. Não teve ter sido fácil crescer em um lugar assim. — cogitei ao observar as pesadas cortinas de veludos, os sofás elegantes forrados com tecidos nobres, os tapetes orientais e muitos quadros nas parede de pintores famosos e objetos de decoração de aspecto muito, muito caro. Tudo parecia bem opressor.

— Realmente, não foi fácil. Eu e minha irmã tínhamos medo até de respirar para não estragar nada. Quer beber alguma coisa? O velho tem um bar incrível, tem bebidas que você sequer imaginaria — mudou de assunto, seguindo para outra sala. Eu fui atrás dele, mas parei diante de um imenso piano de cauda preto encimada por uma coleção de porta-retratos de prata de lei, emoldurando figuras rígidas e sérias. Em algumas fotografias, eu reconheci Elias em diferentes idades.

— Você toca? — quis saber, passando os dedos levemente pelas teclas.

— Não, mas minha mãe e irmã tocam. Eu não tive vontade de aprender — Ele me entregou um lindo e pequeno cálice de cristal com um líquido rubro. Dei um gole.

— É bom.

— Um vinho do Porto com mais de cem anos — revelou, fiquei abismada e virei o copo. — Quer mais?

— Não, obrigada.

— Experimente esse — E ele me entregou um outro copo pequeno e baixo. Sorvi o líquido de sabor forte e rascante. — É um uísque escocês de 70 anos — completou.

— É forte. — Fiz uma careta e devolvi o copo a ele, que tomou em um gole. — Já conheci o bastante do bar do seu pai.

— O que gostaria de ver?

— O seu quarto. Quero saber como você era quando jovem.

Ele me deu um sorriso e me guiou escada acima, passamos por um corredor escuro; mal conseguia ver, mas confiei em Elias me guiando pelo caminho, que conhecia bem. Paramos diante de uma das várias portas. Ao entrarmos, no recinto mergulhado no breu, esperava que Elias acendesse as luzes, mas, em vez disso, ele me agarrou por trás, acariciou-me por baixo da roupa, beijou o meu pescoço, a minha nuca, os meus ombros, enquanto me despia. Eu não me espantei, já estava me acostumando com esse tipo de atitude dele. Sem me soltar, ele me levou para frente até tropeçar e cair de bruços sobre uma cama alta e macia. Podia sentir a delicadeza da cobertura de seda. Ele subiu em mim, segurou os meus cabelos e me cavalgou como se fosse um cavalo xucro. Foi rude, quase ríspido, fazendo meu corpo deslizar sobre a suave seda até eu gemer de prazer. Ele deu um grito gutural e desabou sobre mim. Ficamos ali deitados por algum tempo, o corpo dele pesando sobre o meu, só respirando. Ele rolou para o lado, ficamos parados no escuro.

— Onde estamos? — Lembrei de perguntar.

Percebi que ele se movimentou, e a luz de um abajur se acendeu, clareando o elegante quarto de casal. Estávamos deitados em uma grande cama com colunas de madeira escura. Na parede, havia um quadro pintado a óleo dos pais dele, com expressões severas, quase como se nos recriminassem pelo que acabamos de fazer. Aquilo me embrulhou o estômago.

Cama de gato

— Esse é o quarto dos seus pais? — Sentei-me na cama e olhei em volta.

— É — respondeu, sem emoção na voz, e puxou a calça para cima, tirou de lá, o maço e o isqueiro, recostou nos muitos travesseiros e acendeu um cigarro sem cerimonias. Afinal, ele não estava na minha casa. Enquanto eu fiquei encolhida aos pés da cama, atordoada.

— Você me trouxe aqui para transar na cama dos seus pais? — perguntei, com dissimulada calma.

— Não vou mentir para você.

— Por que não me contou a verdade?

— Porque achava que não concordaria.

— Não, eu não concordaria. Você me enganou.

— Eu não quis enganar você. Simplesmente, precisava fazer isso. Tinha que mostrar àquele velho babaca o quão homem eu sou.

— Você não precisa disso para mostrar para o seu pai qual é o seu valor. Olhe quem você é e o que já fez.

— Sabrina, você não entende mesmo. Eu podia ter pegado uma vadia qualquer lá na boate e fodido com ela, nessa cama, mas eu quis que fosse com você, porque é especial para mim.

— Sinceramente, não sei se fico lisonjeada ou ofendida com essa declaração. Tudo isso é demais para a minha cabeça. Agora, me leva para casa. — Eu me ergui e comecei a me recompor.

— Se é isso que você quer — Ele deu de ombros, deu um último trago e apagou o cigarro em uma pequena peça de cerâmica bávara na mesinha de cabeceira.

Voltamos em silêncio até pararmos diante da portaria do meu prédio.

— Então, está terminado entre nós? — Elias foi direto, olhando para os meus olhos.

— Eu ainda não sei. Nós nos falamos depois. — Saí do carro, sem olhar para trás.

26

O pior foi encontrar George naquele momento, esperando pelo elevador no hall do nosso edifício quando cheguei.

— Oi! Chegou cedo — ele falou, sorrindo.

— E você, chegou tarde — rebati, com sarcasmo.

— Fui beber com uns amigos. Mas que cara é essa?

— Que cara?

— Sei lá, você parece chateada.

Ah! Ele notou! E agora, deveria falar a verdade ou não?

— Eu briguei com Elias.

— Que chato! Quer conversar sobre isso?

Por que ele tinha que ser tão fofo?

— Eu não sei...

— Podemos ir até o meu apartamento. Acho que ainda tenho o vinho do último jantar.

Não, eu não devia!

— Ok — sacudi a cabeça confirmando.

George abriu a porta e entramos no apartamento, mergulhado na penumbra. Ele acendeu as luzes.

— Está com fome? Deve ter algo na geladeira.

— Não, só o vinho, por favor.

— Sente-se, que eu já volto — falou, sumindo pela porta da cozinha, enquanto eu me acomodava no sofá.

De algum lugar, Sabbath surgiu e se aconchegou ao meu lado, como se soubesse que estava aborrecida e precisava de conforto. Eu acariciei os seus pelos macios. Quando George retornou e me entregou uma taça com vinho branco.

— Aí está você, seu malandro! — Ele acariciou a cabeça do gato.

— Eu não sei o que vou fazer quando ele for embora! — Não me contive, depois de tantas emoções, e comecei a chorar.

George me olhou por um tempo, sem saber o que fazer; em seguida, sentou-se ao meu lado e passou o braço, carinhosamente, sobre os meus ombros.

— Calma! Sabbath não vai embora agora; ainda vai demorar um pouco mais.

Cama de gato

O contato com ele me acalmou; percebi o papel de boba que estava fazendo e limpei as lágrimas com a mão.

— Desculpe, não estou bem, depois do que houve hoje à noite.

— Quer falar a respeito? Foi Elias?

Não, não deveria! Isso era muito íntimo!

— Hoje, Elias passou dos limites.

— Já havia dito a você que Elias não conhece limites.

— Eu sabia e estava levando numa boa, mas hoje, ele me envolveu em algo constrangedor sem me consultar.

Percebi o corpo de George ficar tenso.

— O quê? — perguntou, em tom sombrio.

— É um tanto constrangedor...— Era bom que não estivesse vendo o seu rosto, assim ficava mais fácil falar. — Elias me levou até a casa dos seus pais, e transamos na cama deles. Ele havia planejado tudo e não me contou.

Tomei um gole do vinho para aliviar a minha boca seca, e notei que o corpo de George relaxou. O que ele estaria esperando?

— Isso?

— Não é sério o bastante? — Fiquei surpresa.

— Sim, é bastante sério. Os pais dele estavam lá?

— Não, eles estão viajando.

—Melhor assim. Eles não precisarão saber o que aconteceu. Ninguém se feriu e, talvez, tenha feito bem a Elias. Uma espécie de vingança, mesmo às escondidas.

— Foi isso que ele me disse. Puxa! Ele deve odiar o pai.

— Eu não sei se deveria contar isso para você... Mas, uma vez, estávamos aqui em casa, bebendo e, lá pelas tantas, já um pouco bêbados, começamos a contar histórias sobre as nossas vidas, falar das nossas infâncias, coisas de famílias. Então, Elias me revelou que seu pai costumava surrá-lo com chicote quando fazia algo errado, dizendo que estava fazendo aquilo porque o amava. — Estremeci, relembrando a noite no apartamento de Elias. — Mas, por favor, não diga a ele que eu lhe contei isso.

— Pode deixar.

O braço dele ainda estava sobre os meus ombros. Relaxei, encostei a cabeça no seu ombro, e George me espreitou ainda mais, podia sentir o cheiro cítrico da sua colônia e da cerveja que tomou mais cedo. O calor do seu corpo era reconfortante. Olhei para cima, à procura dos seus olhos, e sua boca desceu sobre a minha em um beijo. Virei meu corpo, minha mão procurou pelo seu peito. Considerei em me afastar, porém, ao invés, segurei a sua camisa para mantê-lo perto de mim. Não sei quanto tempo durou, mas para mim, foi apenas um breve instante, poderia ficar assim a noite toda, beijando George.

Não! Eu e Elias ainda não terminamos!

Nossas bocas se afastaram, e nós nos encaramos, espantados, por termos feito aquilo, mesmo que eu desejasse há algum tempo.

— Preciso ir! — Levantei-me em um pulo.

— Por favor, Sabrina, me desculpa, eu não devia... Foi o calor do momento.

— Nós não devíamos. Eu entendo, todas essas emoções. Foi uma bobagem. Obrigada pela conversa e pelo vinho.

Saí correndo, desci as escadas, entrei no meu apartamento e me encostei atrás da porta.

Não! Não iria entrar nessa de jeito nenhum, pois logo Letícia estaria de volta, e George se lembraria como gostava dela.

Abri minha bolsa e peguei meu telefone, mandei uma mensagem: "Elias, precisamos conversar".

Mais tarde, Elias apareceu na minha porta, cabisbaixo, com um jeito de culpado. Eu almejava ser dura e não ceder facilmente.

— Entre! — eu o convidei, de maneira seca.

Ele obedeceu cauteloso, parou diante de mim, e nós nos encaramos por alguns segundos. Cruzei os braços na frente do peito e ergui o queixo. Em seguida, ele meteu a mão dentro da jaqueta e tirou de lá o chicote que eu usei na sua casa.

— Você quer me punir? — Ofereceu-me o chicote.

Eu bufei de raiva, arranquei-o da sua mão e o atirei com força no chão.

— Você é um adulto agora, e adultos devem conversar. É errado bater em alguém — respondi, aborrecida.

— Mas eu mereço ser punido.

— Não, não merece. Ninguém merece ser espancado.

Ele me encarou, aturdido. Não resisti e acariciei o seu rosto, imaginando o menino Elias, sendo surrado pelo pai, dizendo que o amava.

— Elias, sei que você gosta de fazer coisas pouco convencionais, mas e daí, se ninguém se machucar? Eu só quero que da próxima vez que tiver uma ideia dessas me conte, está bem? Assim não me sentirei tão enganada.

— Então, estamos numa boa?

— Sim, acho que sim. Mas, por favor, nada de surras, eu não gosto disso.

— Então, o que posso fazer para compensá-la?

— Você não precisa me compensar, só quero que converse comigo.

— Não, eu preciso, assim vou me sentir melhor.

Ele caiu de joelhos e rastejou na minha direção.

27

O tempo que se seguiu foi relativamente tranquilo. Seria a bonança que antecedia uma tempestade?

Minha relação com Elias estava mais estável, ou seja, continuamos indo às festas e à sua boate, ele chegando à minha casa em horários absurdos e nós fazendo sexo nos lugares mais inusitados. No entanto, eu me sentia mais íntima dele, já que o conhecia um pouco melhor. De vez em quando, me pegava pensando no beijo de George; um arrepio subia pela minha espinha, mas sacudia a cabeça para afastar aquela imagem e seguia em frente, considerando que eu estava com Elias e George gostava de Letícia, aquilo só havia sido um terrível equívoco. Sendo assim, para que não se repetisse, nossos jantares no meio da semana foram extintos, para minha tristeza. O bom senso venceu; não dava mais para ficar perto dele, como se nada tivesse acontecido.

Muitas vezes, eu queria encontrá-lo, sem querer, no elevador ou na portaria, mas nunca mais. A única ligação entre nós dois era Sabbath, que continuava indo e vindo entre os nossos apartamento, sem nenhum constrangimento, alheio às nossas adversidades.

Foi aí que, inesperadamente, a tempestade começou a se armar no horizonte, acabando com a calmaria da minha vida. Em uma noite, quando voltava para casa, relembrando com saudades os meus longínquos jantares com George, nossas boas conversas e aquele beijo...

Não!

Recebi uma mensagem do meu vizinho, pedindo para conversarmos com urgência. Eu estranhei, já que desde a noite do beijo, nós não nos falávamos.

"Estou em casa agora, se quiser pode vir", respondi, curiosa, imaginando que fosse mais um pedido de desculpa ou algo parecido.

Não demorou muito e a campainha tocou; eu abri a porta e lá estava George ainda usando as roupas de trabalho e uma expressão tensa. Eu o convidei para entrar.

Cama de gato

— O que houve? Aconteceu alguma coisa com Sabbath? Ele está doente? — perguntei, angustiada.

— Não, Sabbath está bem. Só que... Eu não sei como começar — Ele respirou fundo, passou a mão pela nuca e trocou o peso de pernas.

— Pelo amor de Deus, George, me diga logo o que está acontecendo!

— É melhor você se sentar — Antes da minha resposta, ele me guiou para o sofá e sentou-se ao meu lado. Esperei, sem desviar o olhar, com o ar preso no peito. — Hoje, eu recebi um vídeo. Sabe, um daqueles vídeos que os homens ficam mandando uns para os outros?

— Não, eu não sei.

— São vídeos de sacanagens, essas bobagens.

— Vídeos de sacanagens? Eu não estou entendendo, por que isso é tão urgente?

Ele passou, novamente, a mão nos cabelos e engoliu em seco; vi seu pomo de adão descer e subir.

— É que você está nesse vídeo, Sabrina.

— Eu em um vídeo de sacanagem? Isso é algum tipo de brincadeira, George? — Eu ri daquele absurdo.

Ele sacudiu a cabeça em negação.

— Não, estou falando sério.

— O quê? Não, não é possível. Deve ser alguém parecida comigo.

— No começo, eu também achei que fosse, mas... Elias está com você.

— O quê? Deixa eu ver isso!

— Você tem certeza? — George perguntou, relutante.

Em resposta, estendi a minha mão na sua direção; ele tirou o telefone do bolso, digitou o código e me entregou. O aparelho parecia queimar a minha pele. Trêmula, trouxe-o para frente dos meus olhos. As imagens eram ruins, em preto e branco, granuladas, não dá para identificar bem as feições dos rostos. Mas, claramente, dá para identificar um homem ajoelhado diante de uma mulher com a cara entre as coxas dela; era evidente o que estavam fazendo. E a mulher era eu mesma. O vídeo terminou e, em estado de choque, entreguei o aparelho para o seu dono.

— Quem mandou isso para você?

— Foi alguém do trabalho que recebeu de outra pessoa, porém não sei quem começou. Mas, fique tranquila, Sabrina. Não dá para ver quem está nesse vídeo, as imagens são muito ruins.

— Mas, você soube que era eu — murmurei.

— Porque conheço muito bem você e Elias.

— Então, outras pessoas também poderão nos reconhecer. Elias me disse que a câmera não funcionava, que não tinha problema. — Eu me sentia completamente despedaçada pela mentira, por ser traída tão covardemente. Imaginava os meus amigos, minha família, minha mãe vendo aquilo. — Quem você acha que colocaria um vídeo assim na rede?

Como uma trapaça do destino, antes de ele me responder, a campainha tocou. Imaginei quem seria, pois eu havia permitido a sua entrada livre no prédio. Abri a porta e dei de cara com Elias, que se surpreendeu com a minha aparência abatida, mas não fez nenhum comentário. Eu lhe dei passagem. Atrás de mim, George se levantou, e os dois homens se encararam por um tempo. Eu enfrentei Elias, cheia de raiva.

— Você já sabe? — Elias perguntou, timidamente.

— Sobre o vídeo? Sim, eu sei. E você já sabia? — perguntei, sem disfarçar o meu rancor.

— Eu assisti há alguns dias. Recebi de alguém.

— Porque não me contou — Minha voz se elevou alguns tons.

— Tinha esperança que você não descobrisse. É por isso que ele está aqui? — Elias quis saber, exaltado, olhando para George.

— Isso não vem ao caso. Foi você quem fez isso? — rebati.

— Não! — Elias gritou.

Respirei fundo e tentei manter a calma.

— Então, quem foi?

— Sei lá! Pode ter sido um empregado insatisfeito ou alguém que não goste de mim.

— Por que afirmou que aquela câmera não funcionava?

— Eu não sabia que haviam consertado. Você acha mesmo que deixaria isso acontecer se soubesse?

— Não sei. Realmente, eu não sei em que acreditar, nesse momento. Só quero que você vá embora da minha casa — respondi, derrotada.

— Você tinha que fazer isso, não é mesmo, George? Tinha que vir correndo contar para ela, mostrar como é bonzinho! O sempre prestativo e perfeito George! — Elias me ignorou, voltando-se para o outro homem e falou, entredentes.

— Ela tinha o direito de saber — George retrucou, sem alterar o tom de voz.

— Para quê? Para sofrer? Para chorar nos seus braços e você tirar proveito da situação, outra vez?

— Você queria esconder dela? — George rebateu, de modo duro.

— E você quis fazer tudo, outra vez, bancando o herói? — Elias perguntou, irônico.

— Você está enganado, Elias. Só não sou um mau caráter.

Outra vez? Que outra vez?

Antes que abrisse a minha boca, o punho de Elias voou em direção ao queixo de George, que cambaleou, zonzo com a surpresa, mas se recompôs rapidamente, pronto para revidar. Eu me precipitei e me postei entre os dois, impedindo que a agressão continuasse.

— Parem com isso! — berrei, em plenos pulmões, estendendo os braços para mantê-los separados. — Por favor, vai embora, Elias.

— Sabrina? — Ele me olhou, atônito.

— Vá embora e esfrie a cabeça. A gente se fala depois. — Fui firme; não iria mudar de ideia assim. Após uma última olhada, ele se virou e saiu pela porta.

Quando a porta se fechou, eu me voltei para George, que massageava a face dolorida. Parei bem na frente dele, cruzei os braços e ergui o queixo, desafiadora.

— Agora que estamos só nós dois, você vai me explicar direitinho essa história de outra vez.

28

— Outra vez? — ele repetiu, com ar dissimulado, como se não entendesse.

— Sim, eu ouvi muito bem quando Elias falou da outra vez. O que significa isso, George? — Fui firme.

— Você deve ter ouvido errado. — Ele deu um sorrisinho irônico, que se transformou em uma careta de dor, levando a mão ao queixo, onde o soco acertou.

— Não me venha com essa! O que você está escondendo? — Eu o encarei. Ele estava acuado.

— Sabrina, eu não posso contar para você porque eu fiz uma promessa — George mudou o tom, desculpando-se.

— Promessa? Não me venha com essa! Você vai me contar essa história de outra vez, agorinha mesmo. Eu preciso... eu mereço saber, depois do que aconteceu! — Havia perdido a paciência.

Ele me fitou por algum tempo, analisando se deveria falar ou não.

— Sim, você tem esse direito. Talvez, se você soubesse, não teria acontecido outra vez.

Outra vez! Lá vamos nós de novo!

— Que outra vez foi essa?

George soltou o ar com força e desabou na poltrona atrás dele, eu também me sentei bem na ponta do sofá, bem atenta.

— Aconteceu com outra namorada de Elias, há algum tempo. Ele filmou, com o celular, os dois fazendo sexo, e as imagens acabaram na internet. Ele se desculpou dizendo que o telefone havia sido roubado, que foram os ladrões que fizeram aquilo. A moça ficou arrasada, pois as imagens eram muito mais nítidas do que as suas e o sexo muito mais explícito, então todo mundo soube quem era ela.

— Coitada! E ela acreditou nele? Nessa história de roubo?

— Elias apresentou o registro de ocorrência na polícia, testemunhas e tudo, mesmo assim, ela não o perdoou, porque ele havia prometido apagar o filme, imediatamente, e não fez.

— E o que você tem a ver com isso? Por que Elias o acusou, com tanta raiva?

— Não sei, talvez porque eu dei razão à garota. — Ele deu de ombros.

— E por que você não me contou essa história?

— Porque eu não achei relevante. Não imaginei que iria se repetir.

— Você poderia ter me alertado. Achei que éramos amigos.

— Eu tentei, mas...

— Mas, você é mais amigo de Elias — concluí, com tristeza.

— Não é nada disso! Não podia julgar e acusar Elias de algo que ele negava com tanta veemência. Não seria justo!

Eu não queria ouvir mais nada, estava confusa e muito magoada.

— Vá embora, George. Eu quero ficar sozinha — pedi, com um fio de voz.

— Sabrina — ele murmurou, abatido.

— Por favor, vá embora.

Parecia que ele iria falar algo mais, contudo desistiu. Levantou-se e saiu, fechando a porta.

De repente, como se soubesse da minha tristeza, Sabbath surgiu de algum lugar e começou a se esfregar nas minhas pernas, pulou no sofá e se aconchegou junto a mim.

— Será que você é o único que não vai me trair? — perguntei a ele.

Nos dias que se seguiram, eu não atendi os telefonemas de Elias e tampouco respondi às suas insistentes mensagens, todas declarando sua completa inocência. Entretanto, não tinha certeza disso. Também andava um tanto estressada, pois, em todos os lugares que eu ia, olhava para os lados a procura de expressões acusadoras e, a cada olhar cruzado, imaginava se aquela pessoa havia assistido ao vídeo e me reconhecido. Isso me deixava muito ansiosa e agitada. Usava óculos escuros, andava de cabeça baixa e encolhida, evitando olhar para os lados para não ser reconhecida, tanto que algumas pessoas do meu trabalho perceberam essas mudanças.

— O que está havendo com você, Sabrina? — Ícaro perguntou, irritado, após a segunda vez que trouxe uma peça errada.

— Nada, estou bem.

— Mas, não parece — Ele me fitou, desconfiado; com certeza, sabia que estava mentindo.

Com o passar dos dias, eu fui ficando um pouco mais tranquila, considerando que ninguém assistiria aquele vídeo bobo. E mesmo que visse, dificilmente me reconheceriam por causa das imagens ruins. Até que Elisa se aproximou de mim, de um modo um tanto estranho, totalmente sem jeito.

— Queria falar com você, Sabrina — disse, baixinho, quando estávamos sozinhas.

Meu Deus, ela viu o vídeo! Meu coração acelerou.

— Ah! Claro.

— Eu sei que seu namorado é dono daquela boate legal, a Fox. — Concordei com a cabeça. — Será que você conseguiria alguns convites para mim, para daqui a duas semanas? Queria comemorar o meu aniversário lá.

Respirei aliviada.

— Eu não sei, mas posso falar com Elias — Não estava com vontade de dar muitas explicações sobre a minha vida sentimental.

E para a minha surpresa, a recepcionista apareceu à minha procura.

— Seu namorado está aqui, Sabrina — ela avisou.

— Meu namorado está aqui? — Não podia acreditar que Elias tivesse tal coragem.

— Está. Não consegui encontrar você, assim eu o trouxe até aqui.

— E onde ele está? — quis saber, tentando disfarçar a minha irritação.

— Perto da entrada — ela avisou.

— Não acredito! Você pode falar com ele agora sobre os convites! — Elisa quase pulou de felicidade.

— Ah! Agora? Vou falar com ele — murmurei.

Cama de gato

Segui a recepcionista. Não podia culpá-la por trazê-lo até aqui; sabia como Elias era charmoso e envolvente.

E lá estava ele, bonito e sexy como sempre, dando um sorriso grandioso em agradecimento para a moça por ter liberado a sua entrada.

— O que está fazendo aqui, Elias? – perguntei, em voz baixa para não sermos ouvidos por outras pessoas.

— Você não atende meus telefonemas, nem responde as minhas mensagens, precisamos conversar — rebateu no mesmo tom.

— Não no meu trabalho.

— Oi! — Nós nos viramos para encontrar Elisa logo atrás.

— Oi, Elisa esse, é Elias — falei rapidamente, querendo que ela fosse embora. Na verdade, eu queria que os dois desaparecessem da minha frente, mas Elisa permaneceu parada, com cara de boba, sorrindo para nós.

— Estávamos falando sobre você, ainda há pouco — ela revelou para Elias, animada.

— Estavam? — Elias fez uma expressão de surpresa.

— É que eu pedi a Sabrina para falar com você sobre uns convites para a sua boate, no meu aniversário.

— E ela concordou? — Elias ergueu as sobrancelhas, em interrogação.

— Sim, ela disse que iria conversar com você — Elisa revelou.

Elias abriu um grande sorriso de satisfação.

— E quando é o seu aniversário, Elisa?

— Em duas semanas. Vinte de julho.

— Está feito. Vou lhe dar alguns convites e você terá um drink grátis como cortesia. Eu mandarei por Sabrina.

— Obrigada, Elias! — Ela estava comovida.

— Agora, se não se importar, posso conversar com Sabrina um pouquinho, Elisa?

— Claro! E mais uma vez, obrigada, Elias. — Ela saiu quase saltitante.

Ele se virou para mim, com um sorriso travesso.

— Quer dizer que você ia falar comigo.

— Não, só não queria contar a ela sobre o que acontece na minha vida, que você me transformou em estrela de um vídeo pornô.

— Eu já disse que não fui eu! Mas acho que descobri quem foi — ele falou um pouco mais alto, chamando a atenção de algumas pessoas que passavam por ali.

— Não quero falar sobre isso aqui, no meu trabalho. Aparece lá em casa mais tarde, para podermos conversar.

— Você promete que vai me ouvir?

— Prometo.

— Sendo assim, até mais tarde, Sabrina

Fiquei observando Elias sair, consciente de que estava fazendo uma tremenda bobagem.

29

Naquela mesma noite, cheguei em casa muito cansada depois de trabalhar além da conta para o editorial de uma famosa marca de sapatos, em uma locação externa no fim do mundo, e não estava pronta para enfrentar uma conversa séria com Elias, mas não tinha escapatória.

Esperei por um bom tempo e nada de ele aparecer. Quem sabe, havia esquecido ou mudado de ideia. Senti um certo alívio, porém, não tardou e a campainha tocou.

Quando abri a porta, encontrei Elias bem diferente do que da última vez que esteve aqui; parecia mais confiante e seguro. Entrou com passos firmes, parou no meio da sala. Eu me voltei para ele, coloquei a mão nos quadris e ergui o queixo; não podia relaxar.

— Afinal de contas, o que tem a me dizer, Elias? — Não queria prolongar a conversa.

— Eu precisava contar para você que descobri o culpado do vídeo ir parar na rede.

— Descobriu? — Desmoronei com a surpresa.

— Sim, foi um empregado que trabalhava na segurança da boate.

— Mas, por que ele fez isso?

— Acho que ele estava com raiva de mim, por eu ter chamado a sua atenção por causa de uma cliente importante, então, quis se vingar.

— Eu não acredito! — Fiquei pasma.

— Mas, é a mais pura verdade, Sabrina. Se quiser, posso levá-la até ele para confessar a você.

— Não é preciso, não quero olhar na cara desse homem.

— Não se preocupe, eu já o despedi.

— De certo modo, eu fiquei mais aliviada.

— E eu também, por provar a minha inocência para você. E como ficamos agora?

Não conseguia pensar direito, não sabia o que fazer.

— Eu não sei — Eu o encarei, desnorteada. — Ainda estou bastante confusa com toda essa história.

— Sabrina, eu não quero perder você por um erro que não cometi — ele disse suavemente e deu um passo à frente, estávamos bem perto, senti o seu perfume, o seu calor. — Não é justo — murmurou. — Fica comigo, Sabrina.

Respirei fundo. Estava completamente perdida, sem saída. Sacudi a cabeça, concordando. Ele me envolveu pela cintura e grudou seu corpo no meu, depois, as nossas bocas.

A história do vídeo ficou no passado, perdendo-se entre milhares de outros vídeos postados todos os dias. Não queria mais pensar no assunto; o que podia fazer era esquecer e ir levando. A única coisa que me incomodava era o fato de ter me afastado de George. Ansiava ter coragem para ir ao seu apartamento e conversar, mas não entendia porque isso era tão difícil para mim.

Como prometido, Elias mandou os convites da boate para Elisa, que ficou bem feliz e grata e não parava de me agradecer. Perguntou se eu iria à comemoração do seu aniversário.

— Por que não? É claro que eu irei — respondi, para a alegria dela.

Ir a boate de Elias daquela vez seria diferente, pois haveria um monte de gente conhecida, colegas de trabalhos, com os quais eu poderia conversar, dançar e me divertir.

Enfim, chegou o dia do aniversário de Elisa. No trabalho, as pessoas estavam animadas, comentando e planejando a comemoração na boate.

À noite, como de costume, Elias me buscou em casa; sempre chegávamos mais cedo. Por cortesia, ele reservou um lugar especial para o nosso grupo, onde me deixou, enquanto trabalhava, resolvendo pequenas questões pendentes antes que o movimento aumentasse. Assim, fiquei sozinha, mas não por muito tempo, pois, para minha surpresa, George surgiu na minha frente.

— O que você está fazendo aqui? — perguntei, surpresa.

— Eu disse a você que tenho uma parte da sociedade desse lugar, então, apareço de vez em quando, para ver como estão as coisas. — ele respondeu. Sabia que ele estava mentindo. — Mas, na verdade, vim para tentar falar com você em um terreno neutro. — Ergui as sobrancelhas, discordando. — Está bem! Não é tão neutro assim. Esse é o território de Elias. Mas, pelo menos, você pode me ouvir; depois, se quiser pode jogar essa bebida aí em cima de mim — disse, em tom de brincadeira, apontando para o copo na minha mão.

— Não se preocupe, não vou fazer isso, porque está muito bom para eu desperdiçar — retruquei no mesmo tom. — Mas, afinal, o que quer falar comigo? — Tentei disfarçar a minha ansiedade.

— Primeiro, quero me desculpar, mais uma vez. Você é ou, pelo menos, era minha amiga e eu tinha que falar a verdade.

— Eu ainda quero ser sua amiga, George.

— Fico feliz. Além disso, queria contar...

Prendi a respiração, o que seria?

— O que está fazendo aqui, George? — Ouvimos a voz de Elias, que havia voltado e não parecia nada satisfeito em nos ver juntos.

George se retraiu, esperando algum tipo de reação mais agressiva de Elias, no entanto, eu sabia que ele nunca faria nada assim, ali.

— Eu só estou dando uma passada para ver como estão as coisas — George manteve o tom imparcial.

— Se quiser ir ao escritório e verificar os livros, fique à vontade — Elias respondeu de modo frio.

— Não será preciso, já estou indo.

O clima se amenizou com a chegada do restante do meu grupo, entre beijos e abraços. E eu queria pedir para George ficar, porém ele desapareceu no meio da confusão.

Lá pelas tantas e uns três drinks depois, precisava muito ir ao banheiro, mas a fila estava imensa, iria demorar um bom tempo.

Mas, espera aí!

Afinal, eu era a namorada do dono e conhecia caminhos secretos, então, poderia usar o banheiro exclusivo no escritório de Elias, que não via desde que George se foi.

Segui pelo corredor. Os empregados me conheciam, por isso, tinha passagem livre. No meio do caminho, cruzei com uma mulher loura, com um metro e meio de pernas à amostra no minúsculo vestido. Tive a impressão de que eu já a vi antes. Ao passar por mim, ela me deu um sorriso de gato que pegou o passarinho, o que eu não gostei nem um pouco. Continuei o meu caminho, um tanto intrigada. Eu não bati à porta; girei a maçaneta, que cedeu sem esforço. Elias estava lá, se assustou e se ajeitou ao me ver entrando.

— Sabrina! O que você está fazendo aqui?

— Vim usar o seu banheiro. A fila do banheiro feminino está muito grande — falei, de um jeito dissimuladamente inocente.

— Fique à vontade — Ele me apontou a direção.

— E você, onde estava? Não o vi a noite toda — disse, indo ao banheiro, deixando a porta entreaberta.

— Cuidando de alguns problemas.

— Quem é a mulher que eu vi no corredor? — Prossegui sem alterar o tom de voz.

— Que mulher?

— A loura de vestido curto.

— Aquela! Ela me pediu um emprego.

— Um emprego? — Lavei as mãos, com toda calma do mundo, saí do banheiro e parei diante dele.

— Sim.

— Que espécie de emprego? — indaguei com frieza, olhando dentro dos seus olhos, avaliando se estava mentindo.

— Garçonete.

— Você não tem garçonetes aqui — Dei um passo à frente, ele ficou encurralado entre mim e a mesa, percebi o seu pomo de adão subir e descer, engolindo em seco.

— Foi o que eu disse para ela.

— E foi só isso?

— Foi.

— Por que não acredito em você? Você transou com ela? — Estava tão perto que podia sentir a sua respiração.

— Não!

Segurei os cabelos dele e puxei para trás com força, sem piedade, mergulhando nos seus olhos.

— É bom mesmo, porque nenhuma vadia vai roubar o meu homem — falei, entredentes.

— Sabrina, você está me deixando louco, assim — ele murmurou, com nossas bocas quase se tocando.

Cama de gato

— Aqui tem câmera de segurança?

— Não — respondeu, antes de me beijar, segurando meus quadris, me erguendo, me colocando em cima da mesa e ficando entre as minhas pernas.

30

— Onde você estava? — Ícaro me perguntou quando voltei ao nosso reservado e me sentei ao lado dele.

— Estava me divertindo um pouco — respondi; ele me fitou de um jeito malicioso. Será que dava para notar o que acabei de fazer no escritório de Elias? Soltei o ar com força. — Ícaro, você acredita que podemos querer duas pessoas ao mesmo tempo?

Por que eu perguntei isso? Devia ser a bebida ou estou ficando louca?

— Eu não sei, mas acho que sim. Digo isso por experiência própria. Estou com Beto, mas tenho que admitir que ainda não me esqueci do Fabio.

— Isso é complicado!

— Bastante!

— Principalmente quando os dois se completam; um pode dar o que o outro não tem, assim fica difícil escolher — Como se eu tivesse escolha, não podia ter quem eu queria.

— A vida é assim. Seria perfeito se nós nos contentássemos com menos ou pudéssemos ter tudo que desejamos.

— Sim, seria — Juntos, soltamos um longo suspiro. Tomei mais um gole da minha bebida esquecida.

Fiquei agradecida por Ícaro não dar opinião ou perguntar mais nada.

Por que não consigo calar essa minha boca?

Na tarde seguinte, considerei que realmente não havia nenhuma razão para não poder voltar às boas com George, pois, enfim, estava muito bem com Elias, mais uma vez. Sendo assim, quem sabe, poderíamos voltar à nossa velha rotina de jantares e conversas como era antes, como apenas bons amigos. Sentia falta desses momentos. *Doce ilusão!*

— Que tal uma visitinha surpresa ao George? — perguntei para Sabbath, que me observou com indiferença.

Pretendia parecer casual; mesmo assim, dei uma arrumadinha no cabelo, troquei de roupa e, quem sabe, um batom.

Cama de gato

Sabrina! O que você acha que está fazendo? Você vai lá somente para conversar, reatar a amizade e só isso.

Peguei Sabbath no colo; o levaria comigo para me dar apoio. Sentia-me tão confiante de que tudo daria certo por isso nem avisei. Fui direto ao apartamento dele fazer uma surpresa. Se eu conhecia bem George, ele deveria estar em casa àquela hora.

Parei diante da porta, tentei parecer descontraída, fazer uma cara natural, toquei a campainha.

Seria só uma conversa!

Quando a porta foi aberta, minha cara natural foi substituída por outra de puro espanto.

— Letícia! — Minha voz saiu esganiçada.

— Sim. E você deve ser Sabrina. — Ela me deu um sorriso simpático, sacudi a cabeça em afirmação. — E aí está você, meu fofinho! Finalmente! Venha aqui!

Nesse instante, a situação ficou bem estranha, pois ela estendeu os braços para receber o gato, enquanto eu o estreitei ainda mais contra mim. Ficamos assim por alguns instantes. Letícia me olhava sem entender, erguendo as sobrancelhas, surpresa, até eu caí na real e lhe entregar o Sabbath, um tanto relutante. Ela o acariciou, passou o rosto nos seus pelos macios, essa cena foi me deixando cada vez mais irritada.

— Eu senti tantas saudades, fofinho — afirmou para Sabbath, de forma carinhosa, e minha raiva só aumentava.

Como ela pode aparecer assim, depois de tanto tempo, e tirar o Sabbath de mim, dessa maneira!

Bem, na verdade, o gato era dela, mas o que importava? Ela foi embora e o deixou para trás. E para piorar as coisas, ela era muito mais bonita pessoalmente do que nas fotos; os cabelos castanhos claros estavam cheios de luzes naturais pelo sol da Austrália, a pele dourada e parecia mais magra.

— George não está, foi comprar algo especial para o jantar. Você sabe como ele é?

— Sim, eu sei. Então, volto depois.

— Não quer entrar? Assim poderemos conversar um pouco.

Não, eu não queria entrar, queria sair dali, correndo.

— Não quero atrapalhar, afinal, vocês estão um tempão sem se ver.

Ela balançou a cabeça.

— Você não atrapalha em nada, Sabrina. Além disso, estou bastante curiosa, porque George me falou muito sobre você.

Como assim? Ele ficava conversando com a namorada sobre a vizinha? Agora, eu quero saber.

— Tudo bem, só um pouquinho.

— Sente-se um pouco. Quer beber alguma coisa?

— Só água.

Letícia colocou Sabbath no chão e foi para a cozinha, com a maior intimidade. *Lógico!* Ela era a namorada de George e aquela era a casa dele. Eu me sentei no sofá, um tanto constrangida, e esperei. Logo em seguida, ela voltou, com um copo d'água para mim e uma pequena garrafa de cerveja para ela, que tomava direto do gargalo.

— Um hábito que adquiri morando fora — explicou, sentando-se ao meu lado de um modo relaxado. — Quer dizer que você é a nova namorada de Elias — disse de um jeito casual.

Será que percebi uma pontinha de ciúmes?

— Não tão nova assim — rebati.

— E vocês estão bem? — Ela tomou um longo gole, sem tirar os olhos de mim.

— Ah! Muito bem. Sabe como Elias é?

— Sim, eu sei. Empolgante e intenso.

— Com certeza.

Ficamos em um longo e constrangedor silêncio, mas felizmente, a porta abriu e George entrou, com as mãos carregadas de sacolas.

— Sabrina! — Ele ficou surpreso ao me ver.

— Só passei aqui para dar um oi e já estou indo embora. Não quero atrapalhar o reencontro de vocês.

— Não, por favor, fique — ele pediu.

— Melhor não — Não queria ver os dois juntos.

— Por que não vem mais tarde, jantar conosco? Podemos continuar nossa conversa, a não ser que tenha algum compromisso com Elias — Letícia intervém, pressenti um leve tom ácido.

— Não temos nada marcado – respondi.

— Então, venha jantar conosco — George reiterou. Sem saída, eu aceitei.

Ok! Será só um jantar, como tantos que tive antes com George, apesar da namorada dele, que era a ex-namorada do meu atual namorado. Apenas conversaremos como pessoas civilizadas que somos. Ninguém precisaria saber que eu e George nos beijamos. Nossa! Aquele beijo foi demais, mas, também, foi um erro, e já passou, eu acho.

Eu não tinha mesmo nada marcado com Elias naquela noite. No entanto, não menti quando ele perguntou, por mensagem, o que faria mais tarde e eu respondi que iria jantar com George, só omiti o fato de que Letícia estaria lá. Tinha certeza de que Elias não gostou nada da ideia, mesmo me desejando um bom jantar.

Já não fui mais pega de surpresa desta vez quando Letícia abriu a porta para mim.

— Oi, Sabrina! George está na cozinha terminando o jantar — avisou, e nós duas seguimos para lá.

Agora, percebi como sentia falta disso, George concentrado na frente do fogão, as mangas da camisa arregaçadas, mostrando aqueles antebraços incríveis, e um pano de prato sobre o ombro.

— Você bebe alguma coisa? Temos cerveja — Letícia me trouxe de volta à realidade.

— Eu prefiro vinho, se tiver.

— Na geladeira — George informou, fiz um gesto para abri-la, mas Letícia se adiantou e a alcançou primeiro, pegou a garrafa e me serviu.

— O cheiro está bom — falei, quebrando o silêncio.

— George cozinha muito bem — Letícia completou.

— Eu sei disso.

— Vou pôr a mesa — Letícia anunciou e nos deixou sozinhos.

— Você deve estar bem feliz com a volta dela — Tentei parecer natural.

— Sim, estou — confirmou em tom neutro, sem desviar a atenção das panelas.

Por que achei que George não estava sendo sincero? Seria só a minha imaginação?

Sentados à mesa, começamos a nos servir.

— Senti a falta dessa comida — Letícia revelou, animada, servindo-se de uma grande porção de espaguete à matriciana e passando a travessa para mim.

Nesse momento, a campainha tocou.

— Não imagino quem seja — George disse e se levantou para atender.

— Talvez, outro vizinho que tenha sentido o cheiro da comida — Letícia brincou, mas eu não gostei.

— Oi, George. Sabrina está aí? Estive no apartamento dela, então me lembrei que ela veio jantar com você — Ouvíamos a voz de Elias. Olhei de relance para Letícia, que ficou paralisada e pálida.

Ao mesmo tempo que Elias observou sobre o ombro de George e avistou a mesa, onde nós duas estávamos, e os seus olhos se arregalaram.

31

E lá estávamos nós quatro, congelados, tais quais estátuas, então George teve a iniciativa.

— Não quer entrar e jantar conosco, Elias?

Eu nunca vi Elias daquela maneira antes, totalmente sem palavras.

— Sim, obrigado — balbuciou, enquanto George lhe dava passagem.

Meu namorado parou junto à mesa, me ignorou e olhou fixamente para a outra mulher.

— Não sabia que você tinha voltado, Letícia.

— Eu cheguei hoje pela manhã.

Foi aí que ele se lembrou de mim e se curvou para me beijar; seus lábios estavam secos.

Sem dúvida nenhuma, aquele jantar seria bem bizarro.

Os dois homens tomaram os seus lugares, eu me servi e ofereci a travessa a Elias, que fez o mesmo e passou para George. Até ali, ninguém havia falado nada.

— E como é a Austrália, Letícia? — perguntei, de um jeito falsamente alegre, quebrando o silêncio, enquanto comíamos, ou melhor, eu comia porque os outros só brincavam com a comida, empurrando-a de um lado para o outro.

— Muito bom. Estou gostando bastante de morar lá — ela respondeu no mesmo jeito.

— Deve ser difícil para você ficar longe do seu namorado, por tanto tempo — Elias falou, em tom ácido.

— George é muito compreensivo, entendeu que era muito importante para mim, eu ir embora.

— Sim, George é sempre muito compreensivo e prestativo — Elias foi irônico; eu não estava gostando do rumo daquela conversa.

— Sim, ele é mesmo. Entendia que eu precisava me afastar por um tempo. — Letícia rebateu, com dureza, sustentando o olhar.

Onde estava toda aquela maturidade de antes? Agora, eu só pressentia um monte de emoções reprimidas, prontas para explodirem.

Mas, espera aí? Por que Letícia precisava tanto se afastar? Será que era ela no vídeo de sexo com Elias que foi parar na rede? Isso explicaria muita coisa.

— Mudanças podem ser muito boas — Tentei amenizar o clima.

— Sim, principalmente em certas circunstâncias — Letícia completou, seca.

— Gostaram da massa? — George perguntou, em tom falsamente leve.

— Está ótima como sempre, George — respondi do mesmo modo.

— Você deve conhecer bem a massa de George — Elias se voltou contra mim, fiquei sem resposta.

— O que é isso, Elias? — George interferiu.

— Eu não sei. Diga-me você, por que sempre encontro as minhas namoradas na sua casa? O bonzinho George está sempre disposto a proteger as donzelas contra o perverso Elias.

— Sim, ele está disposto, principalmente quando o namorado da donzela a expõe na internet, em um vídeo de sexo — Agora, era Letícia que falava alto.

Será que ela estava falando dela ou de mim?

— Já disse que não fui eu, porra! Você nunca vai acreditar em mim! — Elias berrou, ficando de pé, em um gesto brusco, balançando a mesa e derrubando os copos.

— Por favor, Elias, pare com isso! — eu pedi, me levantando e segurando o seu braço.

Letícia, também, se levantou e encarou Elias, erguendo o queixo em desafio.

— Eu não acredito em você! — Letícia vociferou, entredentes.

Atônito, Elias deu um passo para trás, como se atingido por um soco.

— Não fui eu, juro, Letícia! — ele repetiu, baixinho, mas os olhos de Letícia eram ferinos.

Cama de gato

— É melhor a gente ir agora, Elias — falei baixinho e o puxei em direção à porta.

Ele resistiu, no primeiro momento, mas por fim, me seguiu.

Descemos pelas escadas, então, ele se sentou nos últimos degraus, apoiou os braços nos joelhos, escondeu o rosto e começou a chorar compulsivamente.

— Não fui eu — repetia baixinho.

Eu me sentei ao seu lado, passei meu braço sobre seus ombros e o aconcheguei junto a mim, deixando-o chorar. Confusa, não sabia o que pensar.

— Vamos para a minha casa — pedi, quando ele se acalmou.

Naquela madrugada, na minha cama, Elias dormiu agarrado a mim, como se eu fosse um bichinho de pelúcia. Não preguei os olhos. A certa altura, meu telefone se iluminou. Estranhei a chegada de uma mensagem àquela hora da madrugada. Estiquei-me, com muito cuidado, para alcançá-lo, tentando não acordar Elias.

“Você está dormindo? ” Era George.

“Não.”

“Quer conversar?”

“Sim.”

“Em 5 minutos, na escada.”

Deslizei dos braços de Elias para fora da cama, vesti um casaco comprido e saí do apartamento, sem fazer barulho, e fui direto para a escada de incêndio. George já estava lá. Sentei-me no degrau, ao lado dele.

— Oi, como você está? — ele me perguntou, suavemente.

— Confusa. E você?

— Estarrecido. Não esperava por aquilo.

— E Letícia?

— Chorou muito até dormir.

— Elias também. Então, era Letícia a garota do vídeo de sexo?

— Sim, mas eu havia prometido a ela não contar a ninguém. Letícia ficou muito mal com o que aconteceu, por isso foi para Austrália, para esquecer, em um lugar que ninguém a conhecia.

— Eu entendo, mas Elias afirma que não foi ele.

— E você acredita, Sabrina?

— Eu não sei. É muita coincidência ter acontecido com nós duas. Vou confessar uma coisa a você sobre Elias. Ele é um tanto exibicionista. Gosta de fazer sexo com as janelas abertas e em lugares públicos, sendo assim, para um vídeo na rede, é um pulo.

— Ele teria que ser muito cafajeste para fazer algo parecido.

— E você acha que ele não seria capaz?

— Eu conheço Elias há muitos anos. Ele é meio estranho, no entanto, não tenho certeza se seria capaz de tamanha sordidez, principalmente porque ele gostava muito de Letícia. Desculpe-me por dizer isso.

— Não faz mal. Eu entendo.

— E agora, o que você vai fazer, Sabrina?

— Eu ainda não sei.

Ele segurou a minha mão, e eu apoiei minha cabeça no seu ombro, assim, tivemos alguns minutos de paz.

Elias foi embora cedo, dizendo que tinha assuntos a resolver na boate.

Que estranho! Trabalho no domingo?

Contudo, foi bom porque eu estava cansada e queria aproveitar o resto do domingo para dormir um pouco mais. Fiz café e me sentei no sofá para relaxar; no entanto, não consegui fazer o que planejei, porque a campainha tocou. Pelo visor, avistei Letícia parada à frente da minha porta. Eu poderia, simplesmente, ignorá-la, mas respirei fundo e a atendi.

— Elias já foi? — ela perguntou, em voz baixa. Eu assenti. — Podemos conversar?

— Se quiser. — Dou de ombros, com falsa indiferença, abrindo a porta para lhe dar passagem. — Estou tomando café, você quer?

— Sim, obrigada.

— Sente-se que eu já volto. Açúcar?

— Não, puro.

Fui até a cozinha e logo retornei, com uma xícara com café, que lhe entreguei, puxei uma banqueta e me sentei diante dela. Deu para perceber o quanto estava apreensiva.

— Sobre o que quer falar?

— Primeiro, quero me desculpar pelo que aconteceu ontem, na casa de George. Eu perdi a compostura quando me reencontrei com Elias. Achava que depois de tanto tempo, eu iria me segurar, mas não consegui.

— Você acha que foi ele que postou aquele vídeo?

— Eu tenho certeza de que foi. Eu sei que aconteceu a mesma coisa com você.

— Sabe?

Ela assentiu a cabeça.

— George me contou que no seu caso não dava para reconhecê-la, diferente do meu. Eu estava bem nítida e a cores. — Ela esfregou o braço como se quisesse se aquecer. — Não devia ter permitido que Elias fizesse aquele vídeo, mas você sabe como ele pode ser persuasivo.

— Sim, eu sei.

— E eu o amava muito. — Ouvir aquilo foi estranho para mim, mas não tanto como eu esperava que deveria ser. — Ele insistiu e prometeu que iria apagar logo, que era só uma brincadeira, depois veio com a história do telefone roubado e tudo mais.

— Então, por que tem tanta certeza de que foi ele mesmo?

— No começo, acreditei na história do roubo. Além disso, ele me deu o maior apoio, sendo assim, levei um tempo para entender o que havia acontecido.

— Como?

— Eu me lembrei que dias antes, Elias pediu para que eu o surrasse com um chicote, dizendo que precisava ser punido. — Eu enrijeci, ela notou. — Ele fez isso com você, também?

— Sim.

— Antes de você saber do vídeo? — Confirmei com a cabeça. — É isso que ele faz, como fazia com o pai dele, cometia uma travessura para ser punido. Era a única forma de ouvir o pai dizer que o amava, enquanto o surrava.

32

Letícia foi embora, deixando para trás um monte de ideias confusas voando sobre a minha cabeça como moscas. Tudo levava a crer que Elias era o culpado, mas ele se defendeu com bastante veemência, nem por um minuto titubeou ou admitiu alguma culpa. Assim, eu precisava conversar com ele, tirar dúvidas, iluminar sombras. Então, mandei-lhe várias mensagens, sem nenhuma resposta. Quando eu ligava, caía direto na caixa postal. Mas, não dava para esperar não sei até quando, assim eu não teria paz.

Telefonei para a boate e tive a resposta positiva de que Elias estava lá, mas não poderia me atender naquele momento porque estava muito ocupado. Eu podia deixar um recado, ou melhor, ir até lá e falar pessoalmente com ele. Assim, pedi um carro. O trânsito estava ótimo, cheguei lá bem rapidinho. Eu me sentia bastante determinada, tanto que ninguém teve coragem de barrar a minha entrada.

Era muito estranho visitar um lugar tão luminoso e vivo à noite e que, durante o dia, parecia apagado e pacato.

— Cadê Elias? — quis saber, diante dos olhares de surpresa dos poucos empregados presentes.

— No escritório — alguém me respondeu, meio hesitante. Fui direto para lá, sem esperar ser anunciada; era só bater à porta, quando chegasse.

Ao me aproximar do meu objetivo, os sons já conhecidos ficavam mais nítidos e altos, seguidos de suaves gemidos. Eu não conseguia acreditar. Aquilo não poderia estar acontecendo bem ali, naquele lugar, naquele momento. Tinha que haver algo errado.

Assim, devagarinho, girei a maçaneta, que cedeu. Em silêncio, entreabri a porta e pude ver Elias com o dorso nu, de joelhos, os braços abertos, sendo chicoteado por uma mulher, usando só calcinha e sutiã de couro preto. Entretidos com a sua atividade, eles não notaram a minha presença. Eu fiquei parada ali por uns bons minutos, ainda sem acreditar nos meus olhos.

Mas, espera aí! Eu conhecia aquela mulher! Como ela pode?

Cama de gato

Fiquei com tanta raiva que não consegui mais me conter; assim, com um movimento brusco, abri completamente a porta e dei um passo à frente. Assustados, eles pararam e giraram as cabeças na minha direção, enquanto eu mantinha os meus olhos presos neles e um fogo queimava dentro de mim, estava pronta para explodir.

— Elisa, o que você está fazendo com o meu namorado? — gritei, transtornada.

— Sabrina! — Elisa exclamou, em pânico.

— Sabrina! O que está fazendo aqui? — Elias se levantou em um pulo.

— Assistindo a safadeza de vocês! — respondi.

— Não é nada disso que você está pensando, Sabrina — Elisa começou.

— Eu não estou pensando, estou vendo! — Dei um passo à frente, aproximando-me mais deles. Elisa se encolheu, assustada.

— Sabrina, por favor, deixa eu explicar! — Elias se adiantou, tentando me alcançar, porém escapei; não queria que ele me tocasse.

— Não tem nada para explicar! Mas, eu não estou aqui para ouvir mais mentiras. Preciso falar com você, Elias — informei de modo duro, em seguida, eu me voltei para Elisa. — E você, fora daqui! — ordenei. Ela ficou indecisa, olhou para Elias, talvez esperando algum tipo de defesa, que não veio. — E já disse, fora! — Repeti com mais ênfase, apontando para a porta e, bem depressa, ela recolheu suas roupas e correu para fora. Apontei para Elias — E você, coloque suas roupas; não posso conversar com você assim! — Peguei as roupas no chão e joguei em cima dele.

— Sabrina...

— Vista-se porque temos que conversar — Nessa altura, estava meio anestesiada; todo aquele ódio intenso havia esvanecido, só me restava um certo torpor, um imenso ressentimento e muita mágoa por ter sido tão burra.

Ele começou a se vestir, apressado.

— Sabrina...

Cruzei os braços diante do peito, ergui o queixo, estiquei a coluna; ele se retraiu intimidado.

— Não quero ouvir mais suas mentiras, Elias! Então, só diga a verdade: houve outros vídeos de você com outras mulheres, que vazaram para a internet?

— Talvez, mas não que eu saiba.

— E aquele telefone que você disse que roubaram, foi aqui na boate?

— Eu não disse que foi roubado. Quer dizer, ele foi mesmo roubado e, sim, foi aqui, na boate — respondeu, impaciente.

— O tal empregado que você disse que colocou o nosso vídeo na internet existe de verdade?

— Sim, existe e insistiu que não foi ele, que era inocente e estava sendo incriminado. Mas não dá para saber se é verdade. — Ele deu de ombros

— Pode ser só uma desconfiança; no entanto, eu acho que a mesma pessoa postou os dois vídeos.

— Por quê?

— Talvez uma vingança contra você.

— Como saberemos?

— Pode ser loucura, mas se fizéssemos uma armadilha?

— Uma armadilha?

— Sim, só que precisaríamos de mais gente na nossa equipe. Claro, se eles concordarem.

— E quanto a nós, Sabrina?

— Não tem mais "nós", Elias. Eu só vou ajudar você, para pegar esse safado que fez isso contra mim e Letícia e sei lá com quem mais. Não quero que o culpado saia impune.

Quando cheguei ao meu prédio, fui direto para o apartamento de George, expliquei a ele e a Letícia as minhas suspeitas e o meu plano.

— Eu não posso acreditar nessa história — Letícia ficou confusa, depois de tanto tempo acreditando em outra versão.

— Podemos tentar, porque se não pararmos esse cara, ele poderá fazer o mesmo com outras mulheres como nós. Mas só conseguiremos armar isso com a sua ajuda, George.

— Bem, eu acho que sei como fazer isso. Posso falar com umas pessoas.

— Então, está combinado.

Toda aquela empolgação de bancarmos os detetives me fez esquecer da traição de Elias, por um breve momento. Mas agora, sozinha na minha cama, relembrava aquela cena bizarra muitas e muitas vezes, sustentando a dor da humilhação. O cheiro de Elias chegava às minhas narinas dos travesseiros e dos lençóis em que ele havia dormido na noite anterior. Não pude conter a minha ira, então me levantei, tirei toda a roupa de cama e joguei dentro da máquina de lavar. Não queria mais nada daquele homem na minha vida, nem mesmo o seu cheiro

No dia seguinte, de volta a empresa, entrei de queixo erguido e ar impassível, agindo como se estivesse tudo bem. Elisa fugiu de mim durante o dia inteiro, mas eu não sabia se queria confrontá-la ou não. No entanto, o destino resolveu isso ao nos depararmos na porta do banheiro, quando ela saiu e eu esperava pela minha vez. Ao me ver ali parada, Elisa tentou escapar, sobressaltada, mas eu segurei o seu braço e a levei de volta para o pequeno recinto e tranquei a porta.

— O que vai fazer, Sabrina? Por favor, não me bata — suplicou, cheia de pavor, encurralada junto a parede, com as mãos espalmadas na frente do rosto.

— Eu não vou bater em você; não me prejudicaria por causa de uma vadia qualquer. Só não entendo como pode fazer isso comigo, Elisa. Eu achei que era sua amiga.

— Eu sou, quer dizer, eu era. Mas, tudo foi tão inesperado, só liguei para Elias para agradecer os convites do meu aniversário, aí começamos a conversar. Sabe como é, Sabrina? Seu namorado é tão gato e charmoso que não resisti.

— Não acredito! — Estava ao mesmo tempo indignada e enojada, tanto que poderia enfiar a cabeça dela na privada.

— Juro que não queria, mas ele curte esse lance de sadomasoquismo e eu também. Ele me pediu para fazer isso, tipo como um favor, porque você não curtia, mas a gente não transou.

— Ah! Vocês não transaram, então está tudo bem! — rebati, com sarcasmo.

— Eu não sei o que dizer, estou arrependida. Desculpa, Sabrina — Ela abaixou a cabeça.

— Não quero saber das suas desculpas ou arrependimentos, você acabou para mim, sua safada.

O que eu poderia dizer mais? Só abri a porta e fui embora.

33

Eu havia inventado aquele plano maluco, envolvendo um monte de gente para tentar pegar o culpado daqueles vídeos pararem na internet. O cenário não poderia ser outro senão a boate de Elias, pois se ele não era o responsável, com certeza, seria o pivô de tudo aquilo. Sendo assim, não tinha jeito, eu precisaria me encontrar com ele, mesmo que minha mão tremesse com vontade de esbofeteá-lo e meu estômago embrulhasse, toda a vez que o via, fazendo-me relembrar daquela cena bizarra de ele sendo chicoteado por Elisa. Então, eu respirei fundo, decidida a continuar com o nosso objetivo.

George foi demais; conseguiu o pessoal especializado em vídeos de segurança para realizar o planejado.

— Você e Elias terminaram mesmo? — ele me perguntou, quando voltávamos para o nosso prédio, em um carro de aplicativo, na véspera do dia combinado para executar o plano.

— Sim, e desta vez não tem mais volta.

— Foi tão sério assim?

— Digamos que foi incompatibilidade de estilos.

Ele sorriu.

Nossa! Como eu senti falta desse sorriso!

Mas não seja boba, Letícia o estava esperando no apartamento dele.

Ele gostava dela e esperou todo esse tempo pelo seu regresso, para finalmente ficarem juntos. Desde o começo, eu sabia que nunca teria chance com George.

Enfim, sábado à noite, toda a farsa combinada, os participantes já conheciam os seus papéis. A situação deveria parecer o mais natural possível. Elias foi me pegar em casa para me levar a boate, e eu tinha me arrumado muito bem, do tipo arrasador: vestido curto preto, sandálias de saltos altíssimos. Precisava impressionar. E impressionei.

— Você está linda, Sabrina! — Elias me deu um olhar sonhador assim que entrei no carro.

Cama de gato

— Não venha com essa, Elias! Isso aqui não é para você. É para o nosso plano. Vamos acabar com isso logo! — respondi de maneira ríspida. Ele se calou, deu a partida no carro e seguimos para a Fox.

— Você não vai me perdoar, Sabrina?

— Não — respondi, olhando para a rua à frente.

— Mas, eu não ia transar com ela, juro!

— Ah! Não iam transar! Então, está tudo bem — falei, com ironia.

— Mas, Sabrina...

— Chega desse assunto! Vamos nos focar no nosso objetivo. Se tudo der certo, acabou, não precisamos mais nos ver, depois dessa noite.

Daí em diante, ficamos em silêncio. Minutos depois, recebi uma mensagem de George, confirmando que ele e Letícia já estavam nos seus postos. Tudo corria bem.

Ao chegarmos à porta da boate, Elias entregou o carro ao manobrista e segurou a minha mão. Eu fiz menção de soltar.

— Você não quer que tudo pareça natural? — ele murmurou junto ao meu ouvido. Sacudi a cabeça e segurei firme a sua mão. Entramos sorridentes, falamos com um monte de gente; parecia mais uma noite normal.

No bar, Elias pediu um uísque para ele e uma gim tônica para mim.

— Tome! Você vai precisar! — disse, entregando-me o copo. Tive que concordar com ele, mais uma vez.

Durante o resto da noite, dancei muito, fingi que me divertia, mas estava bastante tensa, sempre olhando ao redor. Elias me abraçou para dançar comigo.

— O que pensa que está fazendo? — sussurrei, entredentes.

— Representando — respondeu e me beijou. Um daqueles beijos de deixar zonza, para todo mundo ver.

— Acho que está na hora — falei, sentindo a minha boca seca e o meu coração disparar.

— Vou mandar uma mensagem para que George fique atento. É hora do show! — Elias avisou, de um jeito cínico.

Respirei fundo, quando Elias segurou a minha mão e me puxou para o fundo da boate até o conhecido depósito. Ele abriu a porta para entrarmos e a trancou depois. Ficamos parados no mesmo lugar de antes, bem diante da câmera de segurança, na esperança de que o *voyeur* assistisse nossa performance.

— Pronta? — ele sussurrou, mesmo sabendo que não podíamos ser ouvidos, mas com certeza, podíamos ser vistos.

— Sim — respondi, vacilante, mantendo meu telefone escondido na mão para receber notícias do andamento do plano.

Assim, ele caiu de joelhos, rastejou até mim, levantou o meu vestido e aproximou sua boca da minha pelve. Era muito constrangedor, só de imaginar que George e Letícia estavam assistindo a cena.

Mas, espera aí! O que ele está fazendo?

Segurei seus cabelos com força, fazendo-o gemer e o obrigando olhar para mim.

— O que está fazendo?

— Representando. Você quer que o criminoso acredite, não quer? — rebateu, com cinismo.

— Mas, não precisa ser tão real assim — contestei, irritada.

— Você quer que seja o mais real possível. Precisamos ganhar tempo para os outros — falou próximo ao meu púbis.

— Não assim — reclamei, segurando os seus cabelos, mantendo a sua cabeça longe o suficiente de mim.

— Considere isso como um bônus pelo que eu fiz para você.

— Eu já disse não!

— Sendo assim, por favor, um pouco mais de ação, Sabrina. Tenho uma reputação a zelar.

— Você é um babaca! — murmurei, mas ele tinha razão, precisávamos ser mais convincentes, então, comecei a interpretar, jogando a cabeça para trás, fingindo que estava ofegante, merecia até um prêmio pelo meu desempenho. — Acho que já deu tempo suficiente — falei, quando recebi uma mensagem de George, aliviada porque havia terminado. — Podemos ir agora.

— Mandamos bem, Sabrina. — Elias ficou de pé e limpou a boca com o dorso da mão, sem sair do personagem, e eu o encarei com o olhar em brasa, não estava disposta a brincadeiras.

Saímos de lá direto para o escritório de Elias, onde foi montado um pequeno centro de comando. George e Letícia estavam sentados atrás da mesa, diante de dois computadores. Um transmitia as imagens do depósito, enquanto o outro mostrava as imagens da sala de segurança da boate, onde colocaram uma câmera escondida. Os dois ergueram os rostos para nós, visivelmente espantados com o que viram há pouco.

— Vocês dois foram muito convincentes — George falou, em tom um tanto sombrio.

— Sabrina é uma excelente atriz — Elias respondeu, com um sorriso malicioso.

— Pare com isso, Elias! Vocês conseguiram descobrir algo? — perguntei, bem séria.

— Ah, sim! Conseguimos! — George voltou a realidade e sorriu, vitorioso. — Vejam isso!

Nós nos aproximamos dos computadores, quatro cabeças juntas, quando exibiam as cenas simultaneamente. Em uma das telas, Elias ajoelhado na minha frente, enquanto eu agarrava os seus cabelos, me contorcia e fazia caretas.

— Pode desligar isso, ou melhor, apague, por favor? — pedi, impaciente.

— Eu estou achando bem legal! — Elias brincou. Eu o fitei com o olhar ferino e ele se retraiu.

— Olhem para a outra tela — George chamou a nossa atenção, quando um homem entrou na sala da segurança da boate, onde alguns monitores transmitiam o movimento do lugar, e dispensou o funcionário que estava lá dentro. Sozinho, o recém-chegado mexeu nos controles e uma das telas mudou para a cena do depósito onde estávamos antes. — Ele chegou quase no mesmo momento em que vocês dois entraram no depósito, dispensou o segurança que estava lá, devia estar vigiando.

— Você sabe quem é ele? — George perguntou a Elias, que se concentrou no perfil.

— É Reinaldo, o chefe da segurança — Elias parecia surpreso. — Cretino!

— Esperem que tem mais! — Letícia nos alertou.

Logo em seguida, uma mulher entrou em cena e se aproximou de Reinaldo. Os dois ficaram observando a minha performance com Elias. Então, ela sorriu maliciosa e beijou o homem, de modo ardente.

— A loura! — gritei, reconhecendo-a imediatamente.

— Que loura? — Letícia se voltou para mim, esperando uma explicação. Eu olhei para Elias.

— Acho que Elias pode explicar melhor — completei, de modo seco.

Elias coçou a cabeça, procurando as palavras certas.

— O nome dela é Vanessa. Ela vem sempre aqui, acho que para conseguir, digamos, companhia e, de vez em quando, me prestava um favorzinho, quando eu me sentia muito estressado, me ajudava a relaxar.

— Não queremos saber — interrompi, enojada com a ideia.

— Mas, nós nunca transamos de verdade. E em troca, eu a deixo entrar de graça na boate e dou um drink de cortesia — Elias tentou se justificar.

— Muita benevolência da sua parte — eu falei, sarcástica.

— Poupe-nos dos detalhes sujos — Letícia vociferou, irritada.

Naquele momento, estávamos unidas, éramos duas mulheres traídas pelo mesmo homem.

— Mas, por que ela faria isso? — George questionou.

— Vingança! — Letícia e eu respondemos em uníssono.

— Por quê? Eu não fiz nada para ela — Elias estava bastante confuso com a ideia.

— Será que não entende mesmo? Ela queria você, Elias. Então, colocou aquele vídeo na rede para afastá-lo de mim, pensando que assim poderia ficar com você. Mas, em vez disso, você começou a namorar Sabrina, então, fez o mesmo com ela. Simples. — Letícia explicou.

— Ela deve ter se envolvido com o segurança, para que a ajudasse na sua vingança — completei.

— Nunca imaginei que as mulheres pudessem ser tão maquiavélicas — Elias estava absolutamente pasmo.

— E eu nunca imaginei que um homem pudesse ser tão sem-vergonha — falei, olhando direto para ele.

— E o que faremos agora? Entregamos o caso para a polícia? — George perguntou, de maneira objetiva.

34

— Polícia? — Não havia pensado nessa possibilidade, o que faríamos se descobríssemos a verdade.

— Vocês sabem o que isso poderia implicar? — Letícia questionou, um tanto perturbada com a ideia. — Que todo mundo iria saber o que houve, não quero reviver tudo aquilo de novo.

— Mas, tudo ficará por isso mesmo? Eles sairão impunes?— George rebateu.

— Eu entendo a posição de Letícia. Também não quero que isso aconteça, todos saberiam que sou eu naquelas cenas.

— Mas, assim esses crimes nunca serão punidos. Eles poderão fazer outra vez — George argumentou com calma.

— Posso demitir Reinaldo e proibir a entrada de Vanessa na boate, mas só — Elias considerou, dando de ombros. — E talvez... Acho que é melhor vocês irem agora.

— O que você pretende fazer, Elias? — Seu olhar estranho me chamou a atenção. — Por favor, não faça nada ilegal, que possa se arrepender depois.

— Não se preocupe. Eu e o resto do pessoal da minha segurança só pretendemos ter uma conversa bem séria com aqueles dois. Mas posso garantir que não haverá violência, será apenas um susto, para que nunca mais façam algo parecido.

— Por favor, não faça nenhuma bobagem, Elias — George recomendou.

— Pode deixar, será só uma conversa bem séria, jamais colocaria a Fox em risco.

— E quando à filmagem de nós dois no depósito? — Eu me recordei.

— Não se preocupe, já vou apagar — dizendo isso, George digitou algumas teclas. — Pronto, essas já não existem mais.

— Que pena! Queria guardar de recordação — Elias fez uma cara de pesar e eu o encarei, zangada.

— Vamos! — decretei, já estava bem tarde.

Mas, antes de sairmos, Letícia parou bem diante de Elias e o olhou dentro dos olhos.

— Desculpa-me por não ter acreditado em você, Elias.

— Apesar de falar que não fui eu o tempo todo — ele respondeu, sustentando o olhar; aquilo estava ficando muito intenso.

— Eu realmente lamento — ela abaixou os olhos e se virou. Saímos, deixando Elias para trás.

— E agora? Sente-se melhor sabendo que não foi Elias quem fez aquilo conosco? — perguntei a Letícia, dentro do carro, voltando para casa.

— Na verdade, eu me sinto muito mal por tê-lo acusado injustamente, mesmo ele afirmando inocência.

— Agora é tocar a vida em frente. Virar essa página — George tentou animá-la. — Podemos comemorar!

Comemorar o quê? Pois, apesar de Elias ser inocente nos casos dos vídeos, o safado traía nós duas com outra mulher.

— Não quero comemorar, estou cansada e viajo para a casa dos meus pais, amanhã bem cedo. — Letícia informou, quando chegamos ao nosso prédio. — Se vocês dois quiserem comemorar, fiquem à vontade?

Era isso mesmo? Que estranho!

— Não, prefiro ir para a cama. Foram muitas emoções em uma única noite — respondi.

Espera aí! Se ela for embora, quer dizer que vai levar o Sabbath! E eu nem vou poder me despedir.

Meus olhos se encheram de lágrimas.

— Boa noite e boa sorte, Letícia. Até a próxima, George. Valeu por tudo — Eu falei apressada, saindo do elevador. Entrei no meu apartamento, corri para o quarto, me joguei na cama e chorei o resto da noite.

Nos dias que se seguiram, não tive notícias de ninguém. Voltei à minha vida normal, antes de conhecer Sabbath, George e Elias, exceto por não olhar mais na cara de Elisa, que toda vez que me via, fugia ou ficava encolhida em um canto. No trabalho, ninguém sabia o que havia acontecido, assim não entendia porque deixamos de ser amigas.

Cama de gato

Passaram-se dias, semanas, mil anos. Eu retornava para o meu apartamento vazio todas as noites, ainda com a ilusão de encontrar Sabbath dormindo no sofá, tanto que não conseguia tirar os objetos dele de lá. Ao mesmo tempo, nunca mais me encontrei com George, mesmo sabendo que ele estava no andar de cima e bastavam alguns degraus para chegar até lá. Sinceramente, desejava que os dois estivessem felizes ao lado de Letícia. Talvez, pudesse descobrir onde ela morava para visitar Sabbath, qualquer dia desses.

Naquela noite, estava meio deprimida. Mesmo sendo véspera de feriado, não quis sair com meus amigos. Fui direto para cama e dormia um sono sem sonhos, quando senti algo espetar o meu dedão, encolhi o pé, então algo peludo roçou em mim, dei um pulo assustada, corri para acender a luz, olhei para a minha cama.

— Sabbath! Como conseguiu chegar até aqui? — Eu me aproximei e segurei o gato com carinho — Senti tantas saudades! — disse, afundando o meu rosto nos seus pelos macios.

Em resposta, o gato miou, reclamando do meu afeto exagerado. Minha primeira intenção foi escondê-lo para não o entregar à sua dona, porém, não seria justo. Mas, não sabia onde Letícia morava. Só havia uma alternativa que seria procurar por George. Faria isso no dia seguinte bem cedo. Voltei a dormir junto com o gato, na minha cama.

Na manhã seguinte, mais cedo do que imaginava, acordei com a campainha. Demorei a entender o que estava acontecendo até levantar para atender. Olhei pelo visor e encontrei com George no corredor, usando roupas desleixadas, barba por fazer e ar preocupado, mais lindo do que nunca.

Segura a onda, Sabrina!

Então, eu me lembrei do gato, abri a porta e, assim como eu, ele parecia um tanto inibido.

— Desculpe por acordar você tão cedo, em pleno feriado, mas eu estou procurando por Sabbath.

— Ele está aqui comigo — confirmei. —Você não quer entrar?

Diga que quer, por favor.

— Não quero incomodar.

— Você não está me incomodando, eu estava apenas ... dormindo. Mas, agora estou bem acordada. Quer um café?

— Um café seria ótimo.

Saí da frente para lhe dar passagem, ele entrou, ficamos olhando um para o outro, calados por algum tempo, escolhendo as palavras.

— Eu descobri como Sabbath fugia do meu apartamento para o seu, pela janela do banheiro, andando pelos peitoris.

— Nossa, que perigo!

— Sim, por isso mandei colocar tela lá também. Não queríamos incomodá-la mais. Eu não sei como ele escapou outra vez.

— Vocês não me incomodam de jeito nenhum. Aliás, eu gosto de ser incomodada por vocês, quer dizer, pelo Sabbath.

— Eu não queria mais, depois de todos os problemas que causamos a você.

— Você não me causou nenhum problema, muito pelo contrário, eu senti bastante a sua falta. Aliás, senti a falta de vocês dois.

— Verdade? — George ficou surpreso com a minha revelação. — Também, sentimos a sua.

Então, eu me lembrei...

— O que Sabbath está fazendo com você? Imaginei que Letícia o tivesse levado.

— Não, Letícia voltou para a Austrália. Conheceu alguém por lá e estão bem. Ela achou melhor que Sabbath ficasse em um ambiente familiar, então perguntou se eu queria ficar com ele, e eu disse que sim.

Fiquei chocada.

— Eu lamento muito, George. Depois de esperar por tanto tempo.

— Não foi bem assim — ele falou, sem jeito, passando a mão na nuca.

— Não?

— Essa história entre mim e Letícia não foi nada demais. Começou por causa de Elias, para afastá-lo dela. Depois daquele vídeo, ele ficou obcecado, querendo provar a sua inocência, mas na verdade eu e Letícia éramos somente amigos. Só conversávamos. Ela me falava da pessoa que gostava e eu... bem, falava de você.

Meu queixo literalmente caiu.

— Quer dizer que era tudo mentira? — Fiquei pasma.

— Mais ou menos. Nós ficamos juntos por pouco tempo, logo depois que ela e Elias se separaram, mas não deu certo. No entanto, mantínhamos as aparências de que continuávamos juntos. Eu quase confessei a verdade muitas vezes, então você começou a ficar com Elias, assim, achei melhor deixar para lá. Por sinal, você e Elias voltaram?

— Não! — Sacudi a cabeça com veemência. — Eu não vejo Elias desde aquela noite, na boate.

— Eu pensei que vocês ficariam juntos novamente, depois, daquela cena no depósito.

Notei o meu rosto queimar, envergonhada.

— Aquilo! Pode se dizer que foi interpretação de verdade, sou uma boa atriz. — Dei um sorrisinho sem graça.

— Fico feliz que seja uma boa atriz.

— Então, você falava de mim para Letícia? — perguntei, de um jeito travesso.

— Sim, falava bastante.

— Bastante? — murmurei.

Ele sacudiu a cabeça afirmativamente, deu um passo à frente, ficou tão perto de mim que me arrependi de não ter escovado os dentes.

— Fico feliz que você esteja sozinha, Sabrina — revelou tão próximo, que podia sentir o seu hálito cheirando a menta. — Porque assim eu posso fazer isso.

E grudou sua boca na minha. Um beijo deliciosamente quente e apaixonado, tirando os meus pés do chão.

Não acreditei que isso esteja realmente acontecendo! Será que estou sonhando? Não, eu tenho certeza de que estou bem acordada, beijando George, outra vez.

Enquanto isso, deitado no sofá, Sabbath nos observava, impassível, como se dissesse: Finalmente. Depois, fechou os olhos e voltou a dormir.

Notas:

Nunca mais encontrei Elias e, sinceramente, espero que ele seja feliz do jeito dele.

Letícia está bem contente com seu marido australiano e, de vez em quando, trocamos umas ideias.

Felizmente, Elisa foi trabalhar em outro lugar porque não suportava mais olhar para a sua cara sonsa.

E como podem imaginar, eu e George estamos juntos, o que está sendo muito, muito bom! Na verdade, bom demais! Não sei por que esperamos tanto tempo por isso.

Continuamos com a guarda conjunta de Sabbath e estamos pensando em adotar uma companhia para ele.

Carmen Villas Bôas é
carioca, médica radiologista
e protetora de animais.
Gosta de ler, escrever e
viajar.
Nos últimos anos, publicou
livros independentes e
participou de várias
antologias.